梦见沈从文

汪曾祺 著

王井 版画

卓雅 摄影

中国青年出版社

"美使他惊奇，使他悲哀，使他沉醉。"

"沈先生笔下的湘西，总是那么安安静静的。"

"沈先生用手中笔写了一生，也用这支笔写了他自己。"

"他是用微笑来看这个世界的，经常总是很温和地笑着。"

"为什么沈先生不老，因为他的心不老。"

"沈先生有时是生活在梦里的。"

"我梦中的沈先生。"

"和沈先生合影。"

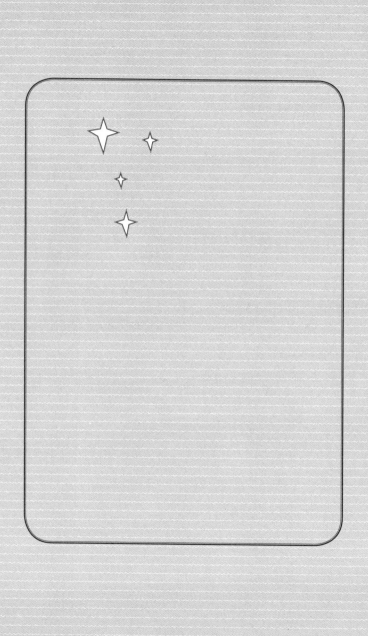

目 · 录

004 ······ **序：梦见沈从文先生**

一
007 ······ 他是凤凰人
011 ······ 沈从文先生在西南联大
019 ······ 沈从文"转业"之谜
027 ······ 星斗其文，赤子其人
037 ······ **附文《张充和：三姐夫沈二哥》**

二
045 ······ 与友人谈沈从文——给一个中年作家的信
051 ······ 一个乡下人对现代文明的抗议
057 ······ 一个爱国的作家
061 ······ 美——生命
065 ······ 沈从文的寂寞——浅谈他的散文

三
079 ······ 沈从文和他的《边城》
097 ······ 又读《边城》
103 ······ 读《萧萧》
111 ······ **附文《萧萧》**
129 ······ 《牛》题解
133 ······ **附文《牛》**
151 ······ 《丈夫》题解
155 ······ **附文《丈夫》**
177 ······ 《贵生》题解
181 ······ **附文《贵生》**

梦见沈从文先生

夜梦沈从文先生。

梦见《人民文学》改了版，成了综合性的文学刊物。除整块整块的作品外，也发一些文学的随笔、杂记、评论。主编崔道怡。我到编辑部小坐。屋里无人。桌上有一份校样，是沈从文的一篇小说的续篇。拿起来看了一遍，写得还是很好。有几处我觉得还可再稍稍增饰发挥，就拿起笔来添改了一下。拿了校样，想找沈先生看一看，是否妥当。沈先生正在隔壁北京市文联开会(沈先生很少到市文联开会)。一出门，见沈先生迎面走来，就把校样交给他。沈先生看了，说："改得好！我多时不写小说，笔有点僵了，不那么灵活了。笔这个东西，放不得。"

"……文字还是得贴近生活。用写评论的语言写小说，不成。"

我说现在的年轻作家喜欢在小说里掺进论文成分，以为这样才深刻。

"那不成。小说是小说，论文是论文。"

沈先生还是那样，瘦瘦的，穿一件灰色的长衫，走路很快，匆匆忙忙的，挟着一摞书，神情温和而执着。

　　在梦中我没有想到他已经死了。我觉得他依然温和执着，一如既往。

　　我很少做这样有条有理的梦(我的梦总是飘飘忽忽，乱糟糟的)，并且醒后还能记得清清楚楚(一些情节，我在梦中常自以为记住了，醒来却忘得一干二净)。醒来看表，四点二十。怎么会做这样的梦呢?

　　沈先生在我的梦里说的话并无多少深文大义，但是很中肯。

汪曾祺

一九九七年四月三日清晨

(此文写后不久，作者于五月十一日晚消化道大出血，五月十六日去世。)

到这样地方，使人太感动了。

他是凤凰人

沈从文是现代中国文学的大师。

他的一生很富于传奇性。

他是凤凰人。凤凰是湘西(湖南西部)一个偏僻边远小城。小城风景秀美，人情淳朴，但是从前那地方很落后野蛮。统治小城的是地方的驻军，他们把杀人不当回事。有时一次可杀五十人，到处都挂的是人头。有时队伍"清乡"(下乡捉土匪)，回来时会有个孩子用小扁担挑着两颗头。这人头也许是他的叔父的，也许就是他的父亲的。沈先生就在这小城里过了十几年"痛苦怕人"的生活。

沈先生有少数民族血统。《从文自传》里说："祖父本无子息，祖母为住乡下的叔祖父沈洪芳娶了个苗族姑娘，生了两个儿子，把老二过房做儿子。"这个苗族女人实是沈先生的祖母。沈先生说："我照血统说，有一部分应属于苗族。"后来沈先生在填写履历表时，在"民族"一栏里填的就是苗族。

也许正是因为他有少数民族血统，对他的成长产生很大影响：身体虽然瘦小，性格却极顽强。

沈先生从小当兵，在沅水边走过很多地方。

"五四运动"的浪潮波及到湘西，沈从文受到民主、自由思想的影响，他想：不成！不能就这样稀里糊涂地活下去。于是一个人冒冒失失地闯进了北京(当时叫北平)。

他小学都没有毕业，连标点符号都不会，就想用一支笔打出一个天下。他住在酉西会馆(清代以前，各地在北京都有"会馆"，免费供进京应试的举子居住)。经常为找点东西"消化消化"而发愁。北京冬天很冷(冷到零下二十几度)，沈先生却穿了很单薄的衣裳过冬。没有钱买煤，生不起火，沈先生就用棉被裹着，坚持写作。

他真的用一支笔打出了天下。从二十年代初到四十年代末，他写出了几十本小说和散文，成了当时最受欢迎的青年作家之一。

沈从文热爱家乡，五百里长的沅水两岸的山山水水，在他的笔下是那样秀美鲜明，使人难忘。

他爱家乡人，他爱各种善良真实的人，他从审美的角度看家乡人，并不用世俗的道德观念对他们苛求责备。他说他对农民和士兵怀了"不可言说的温爱"。他写水边的妓女、写多情的水手。他特别擅长写天真、美丽、聪明、纯洁的农村少女，创造了一系列农村少女的形象：三三、翠翠、夭夭、萧萧……

他的叙述方法是多样的，试验过多种结构式样。可以全篇用对话组成，也可以一句对话也没有。

他是一个文体家。他的语言是很独特的。基本上用的是以普通话为基础的口语，但是掺杂了文言文和方言。他说他的文字是"文白夹杂"。但是看起来很顺畅，并不别扭。有的评论家说这是"沈从文体"。这种"沈从文体"影响了很多青年作家。

一九四九年以后，沈先生忽然停止了写作，转而从事文物研究。他在文物研究上取得很大的成绩，出了好几本书。于是我们得到一个优秀的物质文化史的专家，却失去了一个无与伦比的天才的伟大作家。

一九九四年七月

　　我赞美我这故乡的河，正因为它同都市相隔绝，一切极朴野，一切不普通化，生活形式生活态度皆有点原人意味。

沈从文先生在西南联大

　　沈先生在联大开过三门课:各体文习作、创作实习和中国小说史。三门课我都选了,——各体文习作是中文系二年级必修课,其余两门是选修。西南联大的课程分必修与选修两种。中文系的语言学概论、文字学概论、文学史(分段)……是必修课,其余大都是任凭学生自选。诗经、楚辞、庄子、昭明文选、唐诗、宋诗、词选、散曲、杂剧与传奇……选什么,选哪位教授的课都成。但要凑够一定的学分(这叫"学分制")。一学期我只选两门课?那不行。自由,也不能自由到这种地步。

　　创作能不能教?这是一个世界性的争论问题。很多人认为创作不能教。我们当时的系主任罗常培先生就说过:大学是不培养作家的,作家是社会培养的。这话有道理。沈先生自己就没有上过什么大学。他教的学生后来成为作家的,也极少。但是也不是绝对不能教。沈先生的学生现在能算是作家的,也还有那么几个。问题是由什么样的人来教，用什么方法教。现在的大学里很少开创作课的，原因是找不到合适的人来教。偶尔有大学开这门课的，收效甚微，原因是教得不甚得法。

教创作靠"讲"不成。如果在课堂上讲鲁迅先生所讥笑的"小说作法"之类，讲如何作人物肖像，如何描写环境，如何结构，结构有几种——攒珠式的、桔瓣式的……那是要误人子弟的，教创作主要是让学生自己"写"。沈先生把他的课叫作"习作""实习"，很能说明问题。如果要讲，那"讲"要在"写"之后。就学生的作业，讲他的得失。教授先讲一套，让学生照猫画虎，那是行不通的。

沈先生是不赞成命题作文的，学生想写什么就写什么。但有时在课堂上也出两个题目。沈先生出的题目都非常具体。我记得他曾给我的上一班同学出过一个题目："我们的小庭院有什么"，有几个同学就这个题目写了相当不错的散文，都发表了。他给比我低一班的同学曾出过一个题目："记一间屋子里的空气"！我的那一班出过些什么题目，我倒不记得了。沈先生为什么出这样的题目？他认为：先得学会车零件，然后才能学组装。我觉得先做一些这样的片段的习作，是有好处的，这可以锻炼基本功。现在有些青年文学爱好者，往往一上来就写大作品，篇幅很长，而功力不够，原因就在零件车得少了。

沈先生的讲课，可以说是毫无系统。前已说过，他大都是看了学生的作业，就这些作业讲一些问题。他是经过一番思考的，但并不去翻阅很多参考书。沈先生读很多书，但从不引经据典，他总是凭自己的直觉说话，从来不说亚里斯多德怎么说、福楼拜怎么说、托尔斯泰怎么说、高尔基怎么说。他的湘西口音很重，声音又低，有些学生听了一堂课，往往觉得不知道听了一些什么。沈先生的讲课是非常谦抑，非常自制的。他不用手势，没有任何舞台道白式的腔调，没有一点哗众取宠的江湖气。他讲得很诚恳，甚至很天真。但是你要是真正听"懂"了他的话，——听"懂"了他的话里并未发挥罄尽的余意，你是会受益匪浅，而且会终生受用的。听沈先生的课，要像孔子的学生听孔子讲话一样："举一隅而三隅反"。

沈先生讲课时所说的话我几乎全都忘了(我这人从来不记笔记！)我们有一个同学把闻一多先生讲唐诗课的笔记记得极详细，现已整理出版，书名就叫《闻一多论唐诗》，很有学术价值，就是不知道他把闻先生讲唐诗时的"神气"记下来了没有。我如果把沈先生讲课时的精辟见解记下来，也可以成为一本《沈从文论创作》。可惜我不是这样的有心人。

沈先生关于我的习作讲过的话我只记得一点了，是关于人物对话的。我写了一篇小说(内容早已忘记干净)，有许多对话。我竭力把对话写得美一点，有诗意，有哲理。沈先生说："你这不是对话，是两个聪明脑壳打架！"从此我知道对话就是人物所说的普普通通的话，要尽量写得朴素。不要哲理，不要诗意。这样才真实。

沈先生教写作，写的比说的多，他常常在学生的作业后面写很长的读后感，有时会比原作还长。这些读后感有时评析本文得失，也有时从这篇习作说开去，谈及有关创作的问题，见解精到，文笔讲究。——一个作家应该不论写什么都写得讲究。这些读后感也都没有保存下来，否则是会比《废邮存底》还有看头的。可惜！

沈先生教创作还有一种方法，我以为是行之有效的，学生写了一个作品，他除了写很长的读后感之外，还会介绍你看一些与你这个作品写法相近似的中外名家的作品看。记得我写过一篇不成熟的小说《灯下》，记一个店铺里上灯以后各色人的活动，无主要人物、主要情节，散散漫漫。沈先生就介绍我看了几篇这样的作品，包括他自己写的《腐烂》。学生看看别人是怎样写的，自己是怎样写的，对比借鉴，是会有长进的。这些书都是沈先生找来，带给学生的。因此他每次上课，走进教室里时总要夹着一大摞书。

沈先生就是这样教创作的。我不知道还有没有别的更好的方法教创作。我希望现在的大学里教创作的老师能用沈先生的方法试一试。

学生习作写得较好的，沈先生就做主寄到相熟的报刊上发表。这对学生是很大的鼓励。多年以来，沈先生就干着给别人的作品找地方发表这种事。经他的手介绍出去的稿子，可以说是不计其数了。我在一九四六年前写的作品，几乎全都是沈先生寄出去的。他这辈子为别人寄稿子用去的邮费也是一个相当可观的数目了。为了防止超重太多，节省邮费，他大都把原稿的纸边裁去，只剩下纸芯。这当然不大好看。但是抗战时期，百物昂贵，不能不打这点小算盘。

沈先生教书，但愿学生省点事，不怕自己麻烦。他讲《中国小说史》，有些资料不易找到，他就自己抄，用夺金标毛笔，筷子头大的小行书抄在云南竹纸上。这种竹纸高一尺，长四尺，并不裁断，抄得了，卷成一卷。上课时分发给学生。他上创作课夹了一摞书，上小说史时就夹了好些纸卷。沈先生做事，都是这样，一切自己动手，细心耐烦。他自己说他这种方式是"手工业方式"。他写了那么多作品，后来又写了很多大部头关于文物的著作，都是用这种手工业方式搞出来的。

沈先生对学生的影响，课外比课堂上要大得多。他后来为了躲避日本飞机空袭，全家移住到呈贡桃园新村，每星期上课，进城住两天。文林街二十号联大教职员宿舍有他一间屋子。他一进城，宿舍里几乎从早到晚都有客人。客人多半是同事和学生，客人来，大都是来借书，求字，看沈先生收到的宝贝，谈天。

沈先生有很多书，但他不是"藏书家"，他的书，除了自己看，也是借给人看的，联大文学院的同学，多数手里都有一两本沈先生的书，扉页上用淡墨签了"上官碧"的名字。谁借了什么书，什么时候借的，沈先生是从来不记得的。直到联大"复员"，有些同学的行装里还带着沈先生的书，这些书也就随之而漂流到四面八方了。沈先生书多，而且很杂，除了一般的四部书、中国现代文学、外国文学的译本、社会学、人类学、黑格尔的《小逻辑》、弗洛伊德、亨利·詹姆斯、道教史、陶瓷史、《髹饰录》《糖霜谱》……兼收并蓄，五花八门。这些书，沈先生大都认真读过。沈先生称自己的学问为"杂知识"。一个作家读书，是应该杂一点的。沈先生读过的书，往往在书后写两行题记。有的是记一个日期，那天天气如何，也有时发一点感慨。有一本书的后面写道："某月某日，见一大胖女人从桥上过，心中十分难过。"这两句话我一直记得，可是一直不知道是什么意思。大胖女人为什么使沈先生十分难过呢？

沈先生对打扑克简直是痛恨。他认为这样地消耗时间，是不可原谅的。他曾随几位作家到井冈山住了几天。这几位作家成天在宾馆里打扑克，沈先生说起来就很气愤："在这种地方打扑克！"沈先生小小年纪就学会掷骰子，各种赌术他也都明白，但他后来不玩这些。沈先生的娱乐，除了看看电影，就是写字。他写章草，笔稍偃侧，起笔不用隶法，收笔稍尖，自成一格。他喜欢写窄长的直幅，纸长四尺，阔只三寸。他写字不择纸笔，常用糊窗的高丽纸。他说："我的字值三分钱！"从前要求他写字的，他几乎有求必应。近年有病，不能握管，沈先生的字变得很珍贵了。

沈先生不长于讲课，而善于谈天。谈天的范围很广，时局、物价……谈得较多的是风景和人物。他几次谈及玉龙雪山的杜鹃花有多大，某处高山绝顶上有一户人家，——就是这样一户！他谈某一位老先生养了二十只猫。谈一位研究东方哲学的先生跑警报时带了一只小皮箱，皮箱里没有金银财宝，装的是一个聪明女人写给他的信。谈徐志摩上课时带了一个很大的烟台苹果，一边吃，一边讲，还说："中国东西并不都比外国的差，烟台苹果就很好！"谈梁思成在一座塔上测绘内部结构，差一点从塔上掉下去。谈林徽因发着高烧，还躺在客厅里和客人谈文艺。他谈得最多的大概是金岳霖。金先生终生未娶，长期独身。他养了一只大斗鸡。这鸡能把脖子伸到桌上来，和金先生一起吃饭。他到处搜罗大石榴、大梨。买到大的，就拿去和同事的孩子的比，比输了，就把大梨、大石榴送给小朋友，他再去买！……沈先生谈及的这些人有共同特点：一是都对工作、对学问热爱到了痴迷的程度；二是为人天真到像一个孩子，对生活充满兴趣，不管在什么环境下永远不消沉沮丧，无机心，少俗虑。这些人的气质也正是沈先生的气质。"闻多素心人，乐与数晨夕"，沈先生谈及熟朋友时总是很有感情的。

文林街文林堂旁边有一条小巷，大概叫作金鸡巷，巷里的小院中有一座小楼。楼上住着联大的同学：王树藏、陈蕴珍(萧珊)、施载宣(萧荻)、刘北汜。当中有个小客厅。这小客厅常有熟同学来喝茶聊天，成了一个小小的沙龙。沈先生常来坐坐。有时还把他的朋友也拉来和大家谈谈。老舍先生从重庆路过昆明时，沈先生曾拉他来谈过"小说和戏剧"。金先生是搞哲学的，主要是搞逻辑的，但是读很多小说，从普鲁斯特到《江湖奇侠传》。"小说和哲学"这题目是沈先生给他出的。金先生讲了半天，结论是：小说和哲学没有关系。他说《红楼梦》里的哲学也不是哲学。

沈先生在生活上极不讲究。他进城没有正经吃过饭，大都是在文林街二十号对面一家小米线铺吃一碗米线。有时加一个西红柿，打一个鸡蛋。有一次我和他上街闲逛，到玉溪街，他在一个米线摊上要了一盘凉鸡，还到附近茶馆里借了一个盖碗，打了一碗酒。他用盖碗盖子喝了一点，其余的都叫我一个人喝了。

沈先生在西南联大是一九三八年到一九四六年。一晃，四十多年了！

一九八六年一月二日上午

教给我思索人生，教会我体念人生，教给我智慧同品德，
不是某一个人，却实实在在是这一条河。

沈从文『转业』之谜

　　沈先生忽然改了行。他的一生分成了两截。一九四九年以前，他是作家，一九四九以后，他变成了一个文物研究专家，写了一些关于文物的书，其中最重大（真是又重又大）的一本是《中国古代服饰研究》。一些读了他的小说的年轻一些的读者觉得非常奇怪：他为什么不再写了呢？国外有些研究中国现代文学的学者也为之大惑不解。我是知道一点内情的，但也说不出个究竟。在他改业之初，我曾经担心他能不能在文物研究上搞出一个名堂，因为从我和他的接触（比如讲课）中，我觉得他缺乏"科学头脑"。后来发现他"另有一功"，能把抒情气质和科学条理完美地结合起来，搞出了成绩，我松了一口气，觉得"这样也好"。我就不大去想他的"转业"的事了。沈先生去世后，沈虎雏整理沈先生遗留下来的稿件、信件。我因为刊物约稿，想起沈先生改行的事，要找虎雏谈谈。我爱人打电话给三姐（师母张兆和），三姐说："叫曾祺来一趟，我有话跟他说。"我去了，虎雏拿出几封信。

一封是给一个叫吉六的青年作家的退稿信(一封很重要的信)，一封是沈先生在一九六一年二月二日写给我的很长的信(这封信真长，是在练习本撕下来的纸上写的，钢笔小字，两面写，共十二页，估计不下六千字，是在医院里写的；这封信，他从医院回家后用毛笔在竹纸上重写了一次寄给我，这是底稿；其时我正戴了"右派"分子帽子，下放张家口沙岭子劳动；(沈先生寄给我的原信我一直保存，"文化大革命"中遗失了)，还有一九四七年我由上海寄给沈先生的两封信。看了这几封信，我对沈先生"转业"的前因后果，逐渐形成一个比较清晰的轮廓。

从一个方面说，沈先生的改行，是"逼上梁山"，是他多年挨骂的结果。左、右都骂他。沈先生在写给我的信上说：

"我希望有些人不要骂我，不相信，还是要骂。根本连我写什么也不看，只图个痛快。于是骂倒了。真的倒了。但是究竟是谁的损失？"

沈先生的挨骂，以前的，我不知道。我知道的，对他的大骂，大概有三次。

一次是抗日战争时期，约在一九四二年顷，从桂林发动，有几篇很锐利的文章。我记得有一篇是聂绀弩写的。聂绀弩我后来认识，是一个非常好的人。他后来也因黄永玉之介去看过沈先生，认为那全是一场误会。聂和沈先生成了很好的朋友，彼此毫无芥蒂。

第二次是一九四七年，沈先生写了两篇杂文，引来一场围攻。那时我在上海，到巴金先生家，李健吾先生在座。李健吾先生说，劝从文不要写这样的杂论，还是写他的小说。巴金先生很以为然。我给沈先生写的两封信，说的便是这样的意思。

第三次是从香港发动的。一九四八年三月，香港出了一本《大众文艺丛刊》，撰稿人为党内外的理论家。其中有一篇郭沫若写的《斥反动文艺》，文中说沈从文"一直是有意识地作为反动派而活动着"。这对沈先生是致命的一击。可以说，是郭沫若的这篇文章，把沈从文从一个作家骂成了一个文物研究者。事隔三十年，沈先生的《中国古代服饰研究》却由前科学院院长郭沫若写了序。人事变幻，云水悠悠，逝者如斯，谁能逆料？这也是历史。

已经有几篇文章披露了沈先生在解放前后神经混乱的事(我本来是不愿意提及这件事的)，但是在这以前，沈先生对形势的估计和对自己前途的设想是非常清醒、非常理智的。他在一九四八年十二月七日写给吉六君的信中说：

"大局玄黄未定……一切终得变。从大处看发展，中国行将进入一个崭新时代，则无可怀疑。"

基于这样的信念，才使沈先生在北平解放前下决心留下来。留下来不走的，还有朱光潜先生、杨振声先生。朱先生和沈先生同住在中老胡同，杨先生也常来串门。对于"玄黄未定"之际的行止，他们肯定是多次商量过的。他们决定不走，但是心境是惶然的。

一天，北京大学贴出了一期壁报，大字全文抄出了郭沫若的《斥反动文艺》。不知道这是地下党的授意，还是进步学生社团自己干的。在那样的时候，贴出这样的大字报，是什么意思呢？这不是"为渊驱鱼"，把本来应该争取，可以争取的高级知识分子一齐推出去么？这究竟是谁的主意，谁的决策？

这篇壁报对沈先生的压力很大，沈先生由神经极度紧张，到患了类似迫害狂的病症(老是怀疑有人监视他，制造一些尖锐声音来刺激他)，直接的原因，就是这张大字壁报。

沈先生在精神濒临崩溃的时候，脑子却又异常清楚，所说的一些话常有很大的预见性。四十年前说的话，今天看起来还是很准确。

"一切终得变"，沈先生是竭力想适应这种"变"的。他在写给吉六君的信上说：

"用笔者求其有意义，有作用，传统写作方式以及对社会的态度，值得严肃认真加以检讨，有所抉择。对于过去种种，得决心放弃，从新起始来学习。这个新的起始，并不一定即能配合当前需要，惟必能把握住一个进步原则来肯定，来完成，来促进。"

但是他又估计自己很难适应：

"人近中年，情绪凝固，又或因情绪内向，缺乏适应能力，用笔方式，二十年三十年统统由一个'思'字出发，此时却必需用'信'字起步，或不容易扭转。过不多久，即未被迫搁笔，亦终得把笔搁下。这是我们一代若干人必然结果。"

不幸而言中。沈先生对自己搁笔的原因分析得再清楚不过了。不断挨骂，是客观原因；不能适应，有主观成分，也有客观因素。解放后搁笔的，在沈先生一代人中不止沈先生一个人，不过不像沈先生搁得那样彻底，那样明显，其原因，也不外是"思"与"信"的矛盾。三十多年来，直到"文化大革命"结束，中国文艺的主要问题也是强调"信"，忽略"思"。十一届三中全会以后，新时期十年文学的转机，也正是由"信"回复到"思"，作家可以真正地独立思考，可以用自己的眼睛观察生活，用自己的脑和心思索生活，用自己的手表现生活了。

北平一解放，我们就觉得沈先生无法再写作，也无法再在北京大学教书。教什么呢？在课堂上他能说些什么话呢？他的那一套肯定是不行的。

沈先生为自己找到一条出路，也可以说是一条退路：改行。

沈先生的改行并不是没有准备、没有条件的。据沈虎雏说，他对文物的兴趣比对文学的兴趣产生得更早一些。他十八岁时曾在一个统领官身边作书记。这位统领官收藏了百来轴自宋至明清的旧画，几十件铜器及古瓷，还有十来箱书籍，一大批碑帖。这些东西都由沈先生登记管理。由于应用，沈先生学会了许多知识。无事可做时，就把那些古画一轴一轴地取出，挂到壁间独自欣赏，或翻开《西清古鉴》《薛氏彝器钟鼎款识》来看。"我从这方面对于这个民族在一段长长的年份中，用一片颜色，一把线，一块青铜或一堆泥土，以及一组文字，加上自己生命作成的种种艺术，皆得了一个初步普遍的认识。由于这点初步知识，使一个以鉴赏人类生活与自然现象为生的乡下人，进而对人类智慧光辉的领会，发生了极宽泛而深切的兴味。"（见《从文自传·学历史的地方》）沈先生对文物的兴趣，自始至终，一直是从这一点出发的，是出于对于民族、对于民族的历史和文化的深爱。他的文学创作、文物研究，都浸透了爱国主义的感情。从热爱祖国这一点上看，也可以说沈先生并没有改行。我心匪石，不可转也，爱国爱民，始终如一，只是改变了一下工作方式。

沈先生的"转业"并不是十分突然的，是逐渐完成的。北平解放前一年，北大成立了博物馆系，并设立了一个小小的博物馆。这个博物馆是在杨振声、沈从文等几位热心的教授的赞助下搞起来的，馆中的陈列品很多是沈先生从家里搬去的。历史博物馆成立以后，因他与馆长很熟，时常跑去帮忙，后来就离开北大，干脆调过去了。沈先生改行，心情是很矛盾的，他有时很痛苦，有时又觉得很轻松。他名利心很淡，不大计较得失。沈先生到了历史博物馆，除了鉴定文物，还当讲解员。常书鸿先生带了很多敦煌壁画的摹本在午门楼上展览，他自告奋勇，每天都去。我就亲眼看见他非常热情兴奋地向观众讲解。一个青年问我："这人是谁？他怎么懂得这么多？"从一个大学教授到当讲解员，沈先生不觉有什么"丢份"。他那样子不但是自得其乐，简直是得其所哉。只是熟人看见他在讲解，心里总不免有些凄然。

沈先生对于写作也不是一下就死了心。"跛者不忘履"，一个人写了三十年小说，总不会彻底忘情，有时是会感到手痒的。他对自己写作是很有信心的。在写给我的信上说："拿破仑是伟人，可是我们羡慕也学不来。至于雨果、莫里哀、托尔斯泰、契诃夫等等的工作，想效法却不太难(我初来北京还不懂标点时，就想到这并不太难)。"直到一九六一年写给我的长信上还说，因为高血压，馆(历史博物馆)中已决定让他"全休"，他想用一年时间"写本故事"(一个长篇)，写三姐家堂兄三代闹革命。他为此两次到宣化去，"已得到10万字材料，估计写出来必不会太坏……"想重新提笔，反反复复，经过多次。终于没有实现，一是客观环境不允许，他自己心理障碍很大。他在写给我的信上说："幻想……照我的老办法，呆头呆脑用契诃夫作个假对象，竞赛下去，也许还会写个十来个本本的。……可是万一有个什么人在刊物上寻章摘句，以为这是什么'修正主义'，如此或如彼的一说，我还是招架不住，也可说不费吹灰之力，一切努力，即等于白费。想到这一点，重新动笔的勇气，不免就消失一半。"二是，他后来一头扎进了文物，"越陷越深"，提笔之念，就淡忘了。他手里有几十个研究选题待完成，他有很大的责任感和紧迫感，时间精力全为文物占去，实在顾不上再想写作了。

从写小说到改治文物，而且搞出丰硕的成果，失之东隅，收之桑榆，就沈先生个人说，无所谓得失。就国家来说，失去一个作家，得到一个杰出的文物研究专家，也许是划得来的。但是从一个长远的历史角度来看，这算不算损失？如果是损失，那么，是谁的损失？谁为为之？孰令致之？这问题还是很值得我们深思的。我们应该从沈从文的转业得出应有的历史教训。

一九八八年八月二十四日

我总那么想，一条河对于人太有用处了。

星斗其文，赤子其人

沈先生逝世后，傅汉斯、张充和从美国电传来一幅挽联。字是晋人小楷，一看就知道是张充和写的。词想必也是她拟的。只有四句：

不折不从　　亦慈亦让

星斗其文　　赤子其人

这是嵌字格，但是非常贴切，把沈先生的一生概括得很全面。这位四妹对三姐夫沈二哥真是非常了解。——荒芜同志编了一本《我所认识的沈从文》，写得最好的一篇，我以为也应该是张充和写的《三姐夫沈二哥》。（文附后）

沈先生的血管里有少数民族的血液。湘西有少数民族血统的人大都有一股蛮劲，狠劲，做什么都要做出一个名堂。黄永玉就是这样的人。沈先生瘦瘦小小(晚年发胖了)，但是有用不完的精力。他小时是个顽童，爱游泳(他叫"游水")。进城后好像就不游了。三姐(师母张兆和)很想看他游一次泳，但是没有看到。我当然更没有看到过。他少年当兵，漂泊转徙，很少连续几晚睡在同一张床上。吃的东西，最好的不过是切成四方的大块猪肉(煮在豆芽菜汤里)。行军、拉船，锻炼出一副极富耐力的体魄。二十岁冒冒失失地闯到北平来，举目无亲。连标点符号都不会用。他真的用一支笔打出了一个天下了。一个只读过小学的人，竟成了一个大作家，而且积累了那么多的学问，真是一个奇迹。我一九四六年到上海，因为找不到职业，情绪很坏，他写信把我大骂了一顿，说："为了一时的困难，就这样哭哭啼啼，真是没出息！你手中有一支笔，怕什么！"他在信里说了一些他刚到北京时的情形——同时又叫三姐从苏州写了一封很长的信安慰我。

沈先生很爱用一个别人不常用的词："耐烦"。他说自己不是天才(他应当算是个天才)，只是耐烦。他对别人的称赞，也常说"要算耐烦"。看见儿子小虎搞机床设计时，说"要算耐烦"。看见孙女小红做作业时，也说"要算耐烦"。他的"耐烦"，意思就是锲而不舍，不怕费劲。一个时期，沈先生每个月都要发表几篇小说，每年都要出几本书，被称为"多产作家"，但是写东西不是很快的，从来不是一挥而就。他年轻时常常夜以继日地写。他常流鼻血。血液凝聚力差，一流起来不易止住，很怕人。有时夜间写作，竟致晕倒，伏在自己的一摊鼻血里，第二天才被人发现。我就亲眼看到过他的带有鼻血痕迹的手稿。他后来还常流鼻血，不过不那么厉害了。他自己知道，并不惊慌。很奇怪，他连续感冒几天，一流鼻血，感冒就好了。他的作品看起来很轻松自如、若不经意，但都是苦心刻琢出来的。《边城》这篇东西是他新婚之后写的，那时他住在达子营。巴金住在他那里。他们每天写，巴老在屋里写，沈先生搬个小桌子，在院子里树荫下写。巴老写了一个长篇，沈先生写了《边城》。他称他的小说为"习作"，并不完全是谦虚。《月下小景》确是为了履行许给张家小五的诺言"写故事给你看"而写的。同时，当然是为了试验一下"讲故事"的方法(这一组"故事"明显地看得出受了《十日谈》和《一千零一夜》的影响)。同时，也为了试验一下把六朝译经和口语结合的文体。这种试验，后来形成一种他自己说是"文白夹杂"的独特的沈从文体，在四十年代的文字(如《烛虚》)中尤为成熟。他的亲戚、语言学家周有光曾说"你的语言是古英语"，甚至是拉丁文。沈先生讲创作，不大爱说"结构"，他说是"组织"。我也比较喜欢"组织"这个词。"结构"过于理智，"组织"更带感情，较多作者的主观。沈先生爱改自己的文章。他的原稿，一改再改，天头地脚页边，都是修改的字迹，蜘蛛网似的，这里牵出一条，那里牵出一条。作品发表了，改。成书了，改。看到自己的文章，总要改。有时改了多次，反而不如原来的，以至三姐后来不许他改了(三姐是《沈先生文集》的一个极其细心、极其认真的义务责任编辑)。沈先生的作品写得最快、最顺畅、改得最少的，只有一本《从文自传》。这本自传没有经过冥思苦想，只用了三个星期，一气呵成。

他不大用稿纸写作。在昆明写东西，是用毛笔写在当地出产的竹纸上的，自己折出印子。他也用钢笔，蘸水钢笔。他抓钢笔的手势有点像抓毛笔(这一点可以证明他不是洋学堂出身)。《长河》就是用钢笔写的，写在一个硬面的练习簿上，直行，两面写。他的原稿的字很清楚，不潦草，但写的是行书。不熟悉他的字体的排字工人是会感到困难的。他晚年写信写文章爱用秃笔淡墨。用秃笔写那样小的字，不但清楚，而且顿挫有致，真是一个功夫。

他很爱他的家乡。他的《湘西》《湘行散记》和许多篇小说可以作证。他不止一次和我谈起棉花坡，谈起枫树坳，——到秋天满城落了枫树的红叶。一说起来，不胜神往。黄永玉画过一张凤凰沈家门外的小巷，屋顶墙壁颇零乱，有大朵大朵的红花——不知是不是夹竹桃，画面颜色很浓，水气泱泱。沈先生很喜欢这张画，说："就是这样！"八十岁那年，和三姐一同回了一次凤凰，领着她看了他小说中所写的各处，都还没有大变样。家乡人闻知沈从文回来了，简直不知怎样招待才好。他说："他们为我捉了一只锦鸡！"锦鸡毛羽很好看，他很爱那只锦鸡，还抱着它照了一张相，后来知道竟作了他的盘中餐，对三姐说"真煞风景！"锦鸡肉并不怎么好吃。沈先生说及时大笑，但也表现出对乡人的殷勤十分感激。他在家乡听了傩戏，这是一种古调犹存的很老的弋阳腔。打鼓的是一位七十多岁的老人，他对年轻人打鼓失去旧范很不以为然。沈先生听了，说："这是楚声，楚声！"他动情地听着"楚声"，泪流满面。

沈先生八十岁生日，我曾写了一首诗送他，开头两句是：

犹及回乡听楚声，

此身虽在总堪惊。

端木蕻良看到这首诗，认为"犹及"二字很好。我写下来的时候就有点觉得这不大吉利，没想到沈先生再也不能回家乡听一次了！他的家乡每年有人来看他，沈先生非常亲切地和他们谈话，一坐半天。每当同乡人来了，原来在座的朋友或学生就只有退避在一边，听他们谈话。沈先生很好客，朋友很多。老一辈的有林宰平、徐志摩。

沈先生提及他们时充满感情。没有他们的提挈，沈先生也许就会当了警察，或者在马路旁边"瘪了"。我认识他后，他经常来往的有杨振声、张奚若、金岳霖、朱光潜、梁思成和林徽因夫妇等诸先生。他们的交往真是君子之交，既无朋党色彩，也无酒食征逐。清茶一杯，闲谈片刻。杨先生有一次托沈先生带信，让我到南锣鼓巷他的住处去，我以为有什么事。去了，只是他亲自给我煮一杯咖啡，让我看一本他收藏的姚茫父的册页。这册页的芯子只有火柴盒那样大，横的，是山水，用极富金石味的墨线勾轮廓，设极重的青绿，真是妙品。杨先生对待我这个初露头角的学生如此，则其接待沈先生的情形可知。杨先生和沈先生夫妇曾在颐和园住过一个时期，想来也不过是清晨或黄昏到后山谐趣园一带走走，看看湖里的金丝莲，或写出一张得意的字来，互相欣赏欣赏，其余时间各自在屋里读书做事，如此而已。沈先生对青年的帮助真是不遗余力。他曾经自己出钱为一个诗人出了第一本诗集。一九四七年，诗人柯原的父亲故去，家中拉了一笔债，沈先生提出卖字来帮助他。《益世报》登出了沈从文卖字的启事，买字的可定出规格，而将价款直接寄给诗人。柯原一九八〇年去看沈先生，沈先生才记起有这回事。他帮朋友邮寄的稿子发表了，稿费寄来，他必为亲自送去。李霖灿在丽江画玉龙雪山，他的画都是寄到昆明，由沈先生代为出手的。我在昆明写的稿子，几乎无一篇不是他寄出去的。一九四六年，郑振铎、李健吾先生在上海创办《文艺复兴》，沈先生把我的《小学校的钟声》和《复仇》寄去。这两篇稿子写出已经有几年，当时无地方可发表。稿子是用毛笔楷书写在学生作文的绿格本上的，郑先生收到，发现稿纸上已经叫蠹虫蛀了好些洞，使他大为激动。沈先生对我这个学生是很喜欢的。他们全家有一阵住在呈贡新街，后迁跑马山桃源新村。沈先生有课时进城住两三天。他进城时，我都去看他，交稿子，看他收藏的宝贝，借书。有一次，晚上，我喝得烂醉，坐在路边，沈先生到一处演讲回来，以为是一个难民，生了病，走近看看，是我！他和两个同学把我扶到他住处，灌了好些酽茶，我才醒过来。有一回我去看他，牙疼，腮帮子肿得老高。沈先生开了门，一看，一句话没说，出去买了几个大橘子抱着回来了。沈先生的家庭是我见到的最好的家庭，随时都在亲切和谐气氛中。两个儿子，小龙小虎，兄弟怡怡。他们都很高尚清白，无丝毫庸俗习气，无一句粗鄙言语，——他们都很幽默，但幽默得很温雅。一家人于钱上都看得很淡。《沈从文文集》的稿费寄到，九千多元，大概开过家庭会议，又从存款中取出几百元，凑成一万，寄到家乡办学。沈先生也有生气的时候，也有极度烦恼痛苦的时候，在昆明，在北京，我都见到过，但多数时候都是笑眯眯的。他总是用一种善意的、含情的微笑，来看这个世界的一切。到了晚年，喜欢放声大笑，笑得合不拢嘴，且摆动双手作势，真像一个孩子。只有看破一切人事乘除、得失荣辱、全置度外、心地明净无渣滓的人，才能这样畅快地大笑。

沈先生改业钻研文物，而且钻出了很大的名堂，不少中国人、外国人都很奇怪。实不奇怪。沈先生很早就对历史文物有很大兴趣。他写的关于展子虔游春图的文章，我以为是一篇重要文章，从人物服装颜色式样考订图画的年代和真伪，是别的鉴赏家所未注意的方法。他关于书法的文章，特别是对宋四家的看法，很有见地。在昆明，我陪他去逛街，总要看看市招，到裱画店看看字画。昆明市政府对面有一堵大照壁，写满了一壁字(内容已不记得，大概不外是总理遗训)，字有七八寸见方大，用二爨掺一点北魏造像题记笔意，白墙蓝字，是一位无名书家写的，写得实在好。我们每次经过，都要去看看。昆明有一位书法家叫吴忠荩，字写得极多，很多人家都有他的字，家家裱画店都有他的刚刚裱好的字。字写得很熟练，行书，只是用笔枯扁，结体少变化。沈先生还去看过他，说"这位老先生写了一辈子字！"意思颇为他水平受到限制而惋惜。昆明碰碰撞撞都可见到黑漆金字抱柱楹联上钱南园的四方大颜字，也还值得一看。沈先生到北京后即喜欢搜集瓷器。有一个时期，他家用的餐具都是很名贵的旧瓷器，只是不配套，因为是一件一件买回来的。他一度专门搜集青花瓷。买到手，过一阵就送人。西南联大好几位助教、研究生结婚时都收到沈先生送的雍正青花的茶杯或酒杯。沈先生对陶瓷赏鉴极精，一眼就知是什么朝代的。一个朋友送我一个梨皮色釉的粗瓷盒子，我拿去给他看，他说："元朝东西，民间窑！"有一阵搜集旧纸，大都是乾隆以前的。多是染过色的，瓷青的、豆绿的、水红的，触手细腻到像煮熟的鸡蛋白外的薄皮，真是美极了。至于茧纸、高丽发笺，那是凡品了。(他搜集旧纸，但自己舍不得用来写字。晚年写字用糊窗户的高丽纸。)

在昆明，搜集了一阵耿马漆盒。这种漆盒昆明的地摊上很容易买到，且不贵。沈先生搜集器物的原则是"人弃我取"。其实这种竹胎的，涂红黑两色漆，刮出极繁复而奇异的花纹的圆盒是很美的。装点心，装花生米，装邮票杂物均合适，放在桌上也是个摆设。这种漆盒也都陆续送人了。客人来，坐一阵，临走时大都能带走一个漆盒。有一阵研究中国丝绸，弄到许多大藏经的封面，各种颜色都有：宝蓝的、茶褐的、肉色的，花纹也是各式各样。沈先生后来写了一本《中国丝绸图案》。有一阵研究刺绣。除了衣服、裙子，弄了好多扇套、眼镜盒、香袋。不知他是从哪里"寻摸"来的。这些绣品的针法真是多种多样。我只记得有一种绣法叫"打子"，是用一个一个丝线疙瘩缀出来的。他给我看一种绣品，叫"七色晕"，用七种颜色的绒绣成一个团花，看了真叫人发晕。他搜集、研究这些东西，不是为了消遣，是从发现、证实中国历史文化的优越这个角度出发的，研究时充满感情。我在他八十岁生日写给他的诗里有一联：

玩物从来非丧志，

著书老去为抒情。

这全是纪实。沈先生提及某种文物时常是赞叹不已。马王堆那副不到一两重的纱衣，他不知说了多少次。刺绣用的金线原来是盲人用一把刀，全凭手感，就金箔上切割出来的。他说起时非常感动。有一个木俑(大概是楚俑)一尺多高，衣服非常特别：上衣的一半(连同袖子)是黑色，一半是红的；下裳正好相反，一半是红的，一半是黑的。沈先生说："这真是现代派！"如果照这样式(一点不用修改)做一件时装，拿到巴黎去，由一个长身细腰的模特儿穿起来，到表演台上转那么一转，准能把全巴黎都"镇"了！他平生搜集的文物，在他生前全都分别捐给了几个博物馆、工艺美术院校和工艺美术工厂，连收条都不要一个。

沈先生自奉甚薄，穿衣服从不讲究。他在《湘行散记》里说他穿了一件细毛料的长衫，这件长衫我可没见过。我见他时总是一件洗得褪了色的蓝布长衫，夹着一摞书，匆匆忙忙地走。解放后是蓝卡其布或涤卡的干部服，黑灯芯绒的"懒汉鞋"。有一年做了一件皮大衣(我记得是从房东手里买的一件旧皮袍改制的，灰色粗线呢面)，他穿在身上，说是很暖和，高兴得像一个孩子。吃得很清淡。我没见他下过一次馆子。三姐是会做菜的，会做八宝糯米鸭，炖在一个大砂锅里，但不常做。他们住在中老胡同时，有时张充和骑自行车到前门月盛斋买一包烧羊肉回来，就算加了菜了。在小羊宜宾胡同时，常吃的不外是四川的炒菜头、炒慈姑。沈先生爱吃慈姑，说"这个好，比土豆'格'高"。他在《自传》中说他很会炖狗肉，我在昆明，在北京都没见他炖过一次。有一次他到他的助手王亚蓉家去，先来看看我(王亚蓉住在我们家马路对面，——他七十多了，血压高到二百多，还常为了一点研究资料上的小事到处跑)，我让他过一会来吃饭。他带来一卷画，是古代马戏图的摹本，实在是很精彩。他非常得意地问我的女儿："精彩吧？"那天我给他做了一只烧羊腿，一条鱼。他回家一再向三姐称道："真好吃。"他经常吃的荤菜是：猪头肉。

　　他的丧事十分简单。他凡事不喜张扬，最反对搞个人的纪念活动。反对"办生做寿"。他生前累次嘱咐家人，他死后，不开追悼会，不举行遗体告别。但火化之前，总要有一点仪式。新华社消息的标题是：**沈从文告别亲友和读者**，是合适的。只通知少数亲友。——有一些景仰他的人是未接通知自己去的。不收花圈，只有约二十多个布满鲜花的花篮，很大的白色的百合花、康乃馨、菊花、菖兰。参加仪式的人也不戴纸制的白花，但每人发给一枝半开的月季，行礼后放在遗体边。不放哀乐，放沈先生生前喜爱的音乐，如贝多芬的《悲怆》奏鸣曲等。沈先生面色如生，很安详地躺着。我走近他身边，看着他，久久不能离开。这样一个人，就这样地去了。我看他一眼，又看一眼，我哭了。

沈先生家有一盆虎耳草，种在一个椭圆形的小小钧窑盆里。很多人不认识这种草。这就是《边城》里翠翠在梦里采摘的那种草，沈先生喜欢的草。

一九八八年五月二十六日

附文

三姐夫沈二哥

张充和

　　我家"外子"逼我写点关于沈二哥同三姐的事，他说："海外就是你一个亲人与他们过去相处最久，还不写！"我呢，同他们相别三十一年，听不完、也说不完的话，哪还有工夫执笔！虽回去过一次，从早到晚，亲友不断往来，也不过只见到他们三四次，一半还是在人群中见到的。

　　如何开始呢？虽是三十一年的点滴，倒也鲜明。关于沈二哥的独白情书的故事，似乎中外都已熟悉，有的加了些善意的佐料，于人情无不合之处，既无伤大雅，又能增加读者兴趣，就不在此加注加考，做煞风景的事了。

　　一九三三年暑假，三姐在中国公学毕了业回苏州，同姐妹兄弟相聚，我父亲与继母那时住在上海。有一天，九如巷三号的大门堂中，站了个苍白脸戴眼镜羞涩的客人，说是由青岛来的，姓沈，来看张兆和的。家中并没有一人认识他，他来以前，亦未通知三姐。三姐当时在公园图书馆看书。他以为三姐有意不见他，正在进退无策之际，二姐允和出来了。问清了，原来是沈从文。他写了很多信给三姐，大家

37

早都知道了。于是二姐便请他到家中坐，说："三妹看书去了，不久就回来，你进来坐坐等着。"他怎么也不肯，坚持回到已定好房间的中央饭店去了。二姐从小见义勇为，更爱成人之美，至今仍然如此。等三姐回来，二姐便劝她去看沈二哥。三姐说："没有的事！去旅馆看他？不去！"二姐又说："你去就说，我家兄弟姐妹多，很好玩，请你来玩玩。"于是三姐到了旅馆，站在门外（据沈二哥的形容），一见到沈二哥便照二姐的吩咐，一字不改的如小学生背书似的："沈先生，我家兄弟姐妹多，很好玩，你来玩！"背了以后，再也想不出第二句了。于是一同回到家中。

沈二哥带了一大包礼物送三姐，其中全是英译精装本的俄国小说。有托尔斯泰、妥斯陀也夫斯基、屠格涅夫等等著作。这些英译名著，是托巴金选购的。又有一对书夹，上面有两只有趣的长嘴鸟，看来是个贵重东西。后来知道，为了买这些礼品，他卖了一本书的版权。三姐觉得礼太重了，退了大部分书，只收下《父与子》与《猎人日记》。

来我们家中怎么玩呢？一个写故事的人，无非是听他讲故事。如何款待他，我不记得了。好像是五弟寰和，从他每月二元的零用钱中拿出钱来买瓶汽水，沈二哥大为感动，当下许五弟："我写些故事给你读。"后来写了《月下小景》，每篇都附有"给张小五"字样。

第二次来苏州，是同年寒假，穿件蓝布面子的破狐皮袍子。我们同他熟悉了些，便一刻不离的想听故事。晚饭后，大家围在炭火盆旁，他不慌不忙，随编随讲。讲怎样猎野猪，讲船只怎样在激流中下滩，形容旷野，形容树林。谈到鸟，便学各种不同的啼唤，学狼嗥，似乎更拿手。有时站起来转个圈子，手舞足蹈，像戏迷票友在台上不肯下台。可我们这群中小学生习惯是早睡觉的，我迷迷糊糊中忽然听一个男人叫："四妹，四妹！"因为我同胞中从没有一个哥哥，惊醒了一看，原来是才第二次来访的客人，心里老大地不高兴。"你胆敢叫我四妹！还早呢！"这时三姐早已困极了。弟弟们亦都勉强打起精神，撑着眼听，不好意思走开。真有"我醉欲眠君且去"的境界。

那时我爸爸同继母仍在上海。沈二哥同三姐去上海看他们。会见后，爸爸同他很谈得来。这次的相会，的确有被相亲的意思。在此略叙叙我爸爸。

祖父给爸爸取名"武令"，字"绳进"。爸爸嫌这名字封建味太重，自改名"冀牖"，又名"吉友"，望名思义，的确做到自锡嘉名的程度。他接受"五四"的新思潮。他一生追求曙光，惜人才，爱朋友。他在苏州曾独资创办男校"平林中学"和"乐益女中"。后因苏州男校已多，女校尚待发展，便结束平林，专办乐益女中。贫穷人家的女孩，工人们的女儿，都不收学费。乐益学生中有几个贫寒的，后都成为了社会上极有用的人。老师中也有几位真正革命家，有的为革命贡献了他们可贵的生命，有的现在已成为当代有名的教育家或党的领导人。爸爸既是脑筋开明，对儿女教育，亦让其自由发展。儿女婚姻恋爱，他从不干涉，不过问。你告诉他，他笑嘻嘻的接受，绝不会去查问对方的如何如何。更不问门户了。记得有一位"芳邻"曾遣媒来向爸爸求我家大姐，爸爸哈哈一笑说："儿女婚事，他们自理，与我无干。"从此便无人向我家提亲事。所以我家那些妈妈们向外人说："张家儿女婚姻让他们'自己'去'由'，或是'自己''由'

来的。"

说爸爸与沈二哥谈得十分相投，亦彼此心照不宣。在此之前，沈二哥曾函请二姐允和询爸爸意见，并向三姐说："如爸爸同意，就早点让我知道，让我这乡下人喝杯甜酒吧。"二姐给他拍发一个电报，简约的用了她自己名字"允"。三姐去电报中却说："乡下人，喝杯甜酒吧。"电报员奇怪，问是什么意思，三姐不好意思地说："你甭管，照拍好了。"

于是从第一封只仅一页、寥寥数语而分量极重的情书，到此时为止，算是告一大段落。

一九三三年初他们订婚同去青岛。那时沈二哥在青岛大学教书，写作。暑中杨振声先生约沈二哥编中小学教科用书，与三姐又同到北平，暂寄住杨家。一天杨家大司务送沈二哥裤子去洗，发现口袋里一张当票，即刻交给杨先生。原来当的是三姐一个纪念性的戒指。杨先生于是预支了五十元薪水给沈二哥。后来杨先生告诉我这件事，并说："人家订婚都送小姐戒指，哪有还没结婚，就当小姐的戒指之理。"

一九三三年九月九日，沈二哥、三姐在北平中央公园的水榭结婚，没有仪式，没有主婚人、证婚人。三姐穿件浅豆沙色普通绸旗袍，沈二哥穿件蓝色毛葛的夹袍，是大姐在上海为他们缝制的。客人大都是北方几个大学和文艺界朋友。家中除大姐元和，大弟宗和与我之外，还有晴江三叔一家。沈家有沈二哥的表弟黄村生和他的九妹岳萌。

新居在西城达子营。小院落，有一枣一槐。正屋三间，有一厢，厢房便是沈二哥的书房兼客厅。记得他们结婚前，刚把几件东西搬进房那天夜晚，我发现有小偷在院中解网篮。便大声叫："沈二哥，起来！有贼！"沈二哥亦叫"大司务！有贼！"大司务亦大声答话，虚张一阵声势。及至开门赶贼，早一阵脚步，爬树上屋走了。后来发现沈二哥手中紧紧了件武器——牙刷。

新房中并无什么陈设，四壁空空，不像后来到处塞满书籍与瓷器漆器。也无一般新婚气象。只是两张床上各罩一锦缎百子图的罩单有点办喜事的气氛，是梁思成、林徽因送的。

沈二哥极爱朋友，在那小小的朴素的家中，友朋往来不断，有年长的，更多的是青年人。新旧朋友，无不热情接待。时常有贫困学生和文学青年来借贷。尤其到逢年过节，即使家中所剩无多余，总是尽其所有去帮助人家。没想到我爸爸自命为"吉友"，这女婿倒能接此家风。记得有一次宗和大弟进城邀我同靳以去看戏，约定在达子营集中。正好有人来告急，沈二哥便向我们说："四妹，大弟，戏莫看了，把钱借给我。等我得了稿费还你们。"我们面软，便把口袋所有的钱都掏给他，以后靳以来了，他还对靳以说："他们是学生，应要多用功读书，你年长一些，怎么带他们去看戏。"靳以被他说得眼睛一眨一眨地，不好说什么。以后我们看戏，就不再经过他家了。一回头四十多年，靳以与宗和都已先后过世了。

七七事变后，我们都集聚在昆明，北门街的一个临时大家庭是值得纪念的。杨振声同他的女儿杨蔚、老三杨起、沈家二哥、三姐、九小姐岳萌、小龙、小虎、刘康甫父女。我同九小姐住一间，中隔一大帷幕。杨先生俨然家长，吃饭时座位虽无人指定，却自然有个秩序。我坐在最下首，三姐在我左手边。汪和宗总管我们的伙食饭账。在我窗前有一小路通山下，下边便是靛花巷，是中央研究院史语所所在地。时而有人由灌木丛中走上来，傅斯年、李济之、罗常培或来吃饭，或来聊天。院中养个大公鸡，是金岳霖寄养的，一到拉空袭警报时，别人都出城疏散，他却进城来抱他的大公鸡。

那时沈二哥除了教书、写作之外，仍继续兼编教科用书，地点在青云街六号。杨振声领首，但他不常来。朱自清约一周来一两次。沈二哥、汪和宗与我经常在那小楼上。沈二哥是总编辑，归他选小说，朱自清选散文，我选点散曲，兼做注释，汪和宗抄写。他们都兼别的，只有汪和宗和我是整工。后来日机频来，我们疏散在呈贡县的龙街。我同三姐一家又同在杨家大院住前后。周末沈二哥回龙街，上课编书仍在城中。

由龙街望出去，一片平野，远接滇池，风景极美，附近多果园，野花四季不断地开放。常有家村妇女穿着褪色桃红的袄子，滚着宽黑边，拉一道窄黑条子，点映在连天的新绿秧田中，艳丽之极。农村女孩子，小媳妇，在溪边树上拴了长长的秋千索，在水上来回荡漾。在龙街还有查阜西一家，杨荫浏一家，呈贡城内有吴文藻、冰心一家。我们自题的名胜有："白鹭林""画眉坪""马缨桥"等。

一九四一年后，我去重庆。胜利后我回苏州他们回北平。四七年我们又相聚在北平。他们住中老胡同北大宿舍。我住他家甩边一间屋中。这时他家除书籍漆盒外，充满青花瓷器。又大量收集宋明旧纸。三姐觉得如此买下去，屋子将要堆满，又加战后通货膨胀，一家四口亦不充裕，劝他少买，可是似乎无法控制，见到喜欢的便不放手，及至到手后，又怕三姐埋怨，有时劝我收买，有时他买了送我。所以我还有一些旧纸和青花瓷器，是那么来的，但也丢了不少。

在那宿舍院中，还住着朱光潜先生，他最喜欢同沈二哥外出看古董，也无伤大雅的买点小东西。到了过年，沈二哥去向朱太太说："快过年，我想邀孟实陪我去逛逛古董铺。"意思是说给几个钱吧。而朱先生亦照样来向三姐邀从文陪他。这两位夫人一见面，便什么都清楚了。我也曾同他们去过。因为我一个人，身边比他们多几文，沈二哥说，四妹，你应该买这个，应该买那个。我若买去，岂不是仍然塞在他家中，因为我住的是他们的屋子。

沈二哥最初由于广泛地看文物字画，以后渐渐转向专门路子。在云南专收耿马漆盒，在苏州、北平专收瓷器，他收集青花，远在外国人注意之前。他虽喜欢收集，却不据为己有，往往是送了人；送了，再买。后来又收集锦缎丝绸，也无处不钻，从正统《大藏经》的封面到三姐唯一的收藏宋拓集王圣教序的封面。他把一切图案颜色及其相关处印在脑子里，却不像守财者一样，守住古董不放。大批大批的文物，如漆盒旧纸，都送给博物馆，因为真正的财富是在他脑子里。

这次见面后，不谈则已，无论谈什么题目，总归根到文物考古方面去。他谈得生动，快乐，一切死的材料，经他一说便活了，便有感情了。这种触类旁通，以诗书史籍与文物互证，富于想象，又敢于想象，是得力于他写小说的结果。他说他不想再写小说，实际上他哪有工夫去写！有人说不写小说，太可惜！我认为他如不写文物考古方面，那才可惜！

一九八〇年十二月五日深夜

你见到这些地方时，你真缺少赞美的言语。

与友人谈沈从文
——给一个中年作家的信

××：

春节前后两信均收到。

你听说出版社要出版沈先生的选集，我想在后面写几个字，你心里"咯噔一跳"。我说准备零零碎碎写一点，你不放心，特地写了信来，嘱咐我"应当把这事当一件事来做"。你可真是个有心人！不过我告诉你，目前我还是只能零零碎碎地写一点。这是我的老师给我出的主意。这是个好主意，一个知己知彼、切实可行的主意。

而且，我最近把沈先生的主要作品浏览了一遍，觉得连零零碎碎写一点也很难。

难处之一是他已经被人们忘记了。四十年前，我有一次和沈先生到一个图书馆去，在一列一列的书架面前，他叹息道："看到有那么多人，写了那么多书，我什么也不想写了。"古今中外，多少人写了多少书呀，真是浩如烟海。在这个书海里加进自己的一本，究竟有多大意义呢？有多少书能够在人的心上留下一点影响呢？从这个方面看，一个人的作品被人忘记，并不是很值得惆怅的事。

但从另一方面看，一个人写了那样多作品，却被人忘记得这样干净，——至少在国内是如此，总是一件很奇怪的事。

原因之一，是沈先生后来不写什么东西，——不搞创作了。沈先生的创作最旺盛的十年是从一九二四到一九三四这十年。十年里他写了一本自传，两本散文（《湘西》和《湘行散记》），一个未完成的长篇（《长河》），四十几个短篇小说集。在数量上，同时代的作家中很少有能和他相比的，至少在短篇小说方面。上世纪四十年代他写的东西就不多了。五十年代以后，基本上没有写什么。沈先生放下搞创作的笔，已经三十年了。

解放以后不久，我曾看到过一个对文艺有着卓识和慧眼的党内负责同志给沈先生写的信（我不能忘记那秀整的字迹和直接在信纸上勾抹涂改的那种"修辞立其诚"的坦白态度），劝他继续写作，并建议如果一时不能写现实的题材，就先写写历史题材。沈先生在一九五七年出版的小说选集的《题记》中也表示："希望过些日子，还能够重新拿起手中的笔，和大家一道来讴歌人民在觉醒中、在胜利中，为建设祖国、建设家乡、保卫世界和平所贡献的劳力，和表现的坚固信心及充沛热情。我的生命和我手中这支笔，也自然会因此重新回复活泼而年青！"但是一晃三十年，他的那支笔还在放着。只有你这个对沈从文小说怀有偏爱的人，才会在去年文代会期间结结巴巴地劝沈先生再回到文学上来。

这种可能性是几乎没有的了。他"变"成了一个文物专家。这也是命该如此。他是一个不可救药的"美"的爱好者，对于由于人的劳动而创造出来的一切美的东西具有一种宗教徒式的狂热。对于美，他永远不缺乏一个年轻的情人那样的惊喜与崇拜。直到现在，七十八岁了，也还是那样。这是这个人到现在还不老的一个重要原因。他的兴趣是那样的广。我在昆明当他的学生的时候，他跟我(以及其他人)谈文学的时候，远不如谈陶瓷、谈漆器、谈刺绣的时候多。他不知从哪里买了那么多少数民族的挑花布。沏了几杯茶，大家就跟着他对着这些挑花图案一起赞叹了一个晚上。有一阵，一上街，他就到处搜罗缅漆盒子。这种漆盒，大概本是盒具，圆形，竹胎，用竹笔刮绘出红黑两色的云龙人物图像，风格直指楚器，而自具缅族特点。不知道什么道理，流入昆明很多。他搞了很多。装印泥、图章、邮票的，装芙蓉糕萨其玛的，无不是这种圆盒。昆明的熟人没有人家里没有沈从文送的这种漆盒。有一次他定睛对一个直径一尺的大漆盒看了很久，抚摸着，说："这可以做一个《红黑》杂志的封面！"有一次我陪他到故宫去看瓷器。一个莲子盅的造型吸引了人的眼睛。沈先生小声跟我说："这是按照一个女人的奶子做出来的。"四十年前，我向他借阅的谈工艺的书，无不经他密密地批注过，而且贴了很多条子。他的"变"，对我，以及一些熟人，并不突然。而且认为这和他的写小说，是可以相通的。他是一个高明的鉴赏家。不过所鉴赏的对象，一为人，一为物。这种例子，在文学史上不多见，因此局外人不免觉得难于理解。不管怎么说，在通常意义上，沈先生是改了行了，而且已经是无可挽回的了。你希望他"回来"，他只要动一动步，他的那些丝绸铜铁就都会叫起来的："沈老，沈老，别走，别走，我们要你！"

沈从文的"改行"，从整个文化史来说，是得是失，且容天下后世人去做结论吧，反正，他已经三十年不写小说了。

三十年。因此现在三十岁的年轻人多不知道沈从文这个名字。四五十岁的呢？像你这样不声不响地读着沈从文小说的人很少了。他们也许知道这个人，在提及时也许会点起一支烟，翘着一只腿，很潇洒地说："哈，沈从文，这个人的文字有特点！"六十岁的人，有些是读过他的作品并且受过影响的，但是多年来他们全都保持沉默，无一例外。因此，沈从文就被人忘记了。

谈话，都得大家来谈，互相启发，才可能说出精彩的、有智慧的意见。一个人说话，思想不易展开，幸亏有你这样一个好事者，我说话才有个对象，否则真是对着虚空演讲，情形不免滑稽。独学无友，这是难处之一。

难处之二，是我自己。我"老"了。我不是说我的年龄。我偶尔读了一些国外的研究沈从文的专家的文章，深深感到这一点。我不是说他们的见解怎么深刻、正确，而是我觉得那种不衫不履、无拘无束、纵意而谈的挥洒自如的风度，我没有了。我的思想老化了，僵硬了。我的语言失去了弹性，失去了滋润、柔软。我的才华(假如我曾经有过)枯竭了。我这才发现，我的思想背上了多么沉重的框框。我的思想穿了制服。三十年来，没有真正执行"百花齐放"的方针，使很多人的思想都浸染了官气，使很多人的才华没有得到正常发育，很多人的才华过早的枯萎，这是一个看不见的严重的损失。

以上，我说了我写这篇后记的难处，也许也正说出了沈先生的作品被人忘记的原因。那原因，其实是很清楚的：是政治上和艺术上的偏见。

请容许我说一两句可能也是偏激的话：我们的现代文学史（包括古代文学史也一样）不是文学史，是政治史，是文学运动史，文艺论争史，文学派别史。什么时候我们能够排除各种门户之见，直接从作家的作品去探讨它的社会意义和美学意义呢？

现在，要出版沈从文选集，这是一件好事！这是春天的信息，这是"百花齐放"的具体体现。

你来信说，你春节温书，读了沈先生的小说，想着一个问题：什么是艺术生命？你的意思是说，沈先生三十年前写的小说，为什么今天还有蓬勃的生命呢？你好像希望我回答这个问题。我也在想着一个问题：现在出版沈从文选集，意义是什么呢？是作为一种"资料"让人们知道"五四"以来有这样一个作家，写过这样一些作品，他的某些方法，某些技巧可以"借鉴"，可以"批判"地吸取？推而广之，契诃夫有什么意义？拉斐尔有什么意义？贝多芬有什么意义？演奏一首D大调奏鸣曲，只是为了让人们"研究"？它跟我们的现实生活不发生关系？……

我的问题和你的问题也许是一个。

这个问题很不好回答。我想了几天，后来还是在沈先生的小说里找到了答案，那是《长河》里夭夭所说的：

"好看的应该长远存在。"

看看这些人家，就明白城里人实实在在缺少了点人的味儿了。

一个乡下人对现代文明的抗议

沈从文是一个复杂的作家。他不是那种"让组织代替他去思想"的作家。从内容到形式，从思想到表现方法，乃至造句修辞，都有他自己的一套。

有一种流行的、轻率的说法，说沈从文是一个"没有思想""没有灵魂""空虚"的作家。一个作家，总有他的思想，尽管他的思想可能是肤浅的、庸俗的、晦涩难懂的，或是反动的。像沈先生这样严肃地、辛苦而固执地写了二十年小说的作家，没有思想，这种说法太离奇了。

沈先生自己也常说，他的某些小说是"习作"，是为了教学的需要，为了给学生示范，教他们学会"用不同方法处理不同问题"。……如此等等。这也是事实。我在上他的"创作实习"课的时候，有一次写了一篇作业，写一个小县城的小店铺傍晚上灯时来往坐歇的各色人等活动，他就介绍我看他的《腐烂》。这就给了某些评论家以口实，说沈先生的小说是从形式出发的。用这样的办法评论一个作家，实在太省事了。教学生"用不同方法处理问题"是一回事，作家的思想是另一回事，两者不能混为一谈。创作本是不能教的。沈先生对一些不写小说、不写散文的文人兼书贾却在那里一本一本的出版"小说作法""散文作法"之类，觉得很可笑也很气愤(这种书当时是很多的)，因此想出用自己的"习作"为学生作范例。我到现在，也还觉得这是教创作的很好的，也许是唯一可行的办法。我们，当过沈先生的学生的人，都觉得这是有效果的、实惠的。我倒愿意今天大学里教创作的老师也来试试这种办法。只是像沈先生那样能够试验多种"方法"，掌握多种"方法"的师资，恐怕很不易得。用自己的学习带领着学生去实践，从这个意义讲，沈先生把自己的许多作品叫作"习作"，是切合实际的，不是矫情自谦。但是总得有那样的生活，并从生活中提出思想，又用这样的思想去透视生活，才能完成这样的"习作"。

沈先生是很注重形式的。他的"习作"里诚然有一些是形式重于内容的。比如《神巫之爱》和《月下小景》。《月下小景》摹仿《十日谈》，这是无可讳言的。"金狼旅店"在中国找不到，这很像是从塞万提斯的传奇里借用来的。《神巫之爱》里许多抒情歌也显然带着浓厚的异国情调。这些写得很美的诗让人想起萨孚的情歌、《圣经》里的《雅歌》。《月下小景》故事取材于《法苑珠林》等书。在语言上仿照佛经的偈语，多四字为句；在叙事方法上也竭力铺排，重复华丽，如六朝译经体格。我们不妨说，这是沈先生对不同文体所做的尝试。我个人认为，这不是沈先生的重要作品，只是备一招而已。就是这样的试验文体的作品，也不是完全不倾注作者的思想。

沈先生曾说："这世界上或有热在沙基或水面上建造崇楼杰阁的人，那可不是我。"他对称他为"空虚"的，"没有思想"的评论家提出了无可奈何的抗议。他说他想建造神庙，这神庙里供奉的是"人性"。——什么是他所说的"人性"？

他的"人性"不是抽象的。不是欧洲中世纪的启蒙主义者反对基督的那种"人性"。简单地说，就是没有遭到外来的资本主义的物质文明和精神文明的侵略，没有被洋油、洋布所破坏前中国土著的抒情诗一样的品德。我们可以鲁莽一点，说沈从文是一个民族主义者。

沈先生对他的世界观其实是说得很清楚的，并且一再说到。

沈先生在《长河》题记中说："……用辰河流域一个小小的水码头作背景，就我所熟习的人事作题材，来写这个地方一些平凡人物生活上的'常'与'变'，以及在两相乘除中所有的哀乐"。他所说的"常"与"变"是什么？"常"就是"前一代固有的优点，尤其是长辈妇女、祖母或老姑母行勤俭治生忠厚待人处，以及在素朴自然景物下衬托简单信仰蕴藉了多少抒情诗气氛"。所谓'变'就是这些品德"被外来洋布煤油逐渐破坏，年青人几乎全不认识，也毫无希望从学习中去认识"。"常"就是"农村社会所保有那点正直素朴人情美"；"变"就是"近二十年实际社会培养成功的一种唯实唯利庸俗人生观"。"常"与"变"，也就是沈先生在《边城》题记提出的"过去"与"当前"。抒情诗消失，人的生活越来越散文化，人应当怎样活下去，这是资本主义席卷世界之后，许多现代的作家探索和苦恼的问题。这是现代文学压倒性的主题。这也是沈先生全部小说的一个贯串性的主题。

多数现代作家对这个问题是绝望的。他们的调子是低沉的、哀悼的、尖刻的、愤世嫉俗的、冷嘲的。沈从文不是这样的人。他不是一个悲观主义者。一九四五年，在他离开昆明之际，他还郑重地跟我说："千万不要冷嘲。"这是对我的作人和作文的一个非常有分量的警告。最近我提及某些作品的玩世不恭的倾向，他又说："这不好。对现实可以不满，但一定要有感情。就是开玩笑，也要有感情。"《长河》的题记里说："横在我们面前许多事都使人痛苦，可是却不用悲观。骤然而来的风雨，说不定会把许多人的高尚理想，卷扫摧残，弄得无影无踪。然而一个人对于人类前途的热忱，和工作的虔敬态度，是应当永远存在，且必然给后来者以极大鼓励的！"沈从文的小说的调子自然不是昂扬的，但是是明朗的，引人向上的。

他叹息民族品德的消失，思索着品德的重造，并考虑从什么地方下手。他把希望寄托于"自然景物的明朗，和生长在这个环境中几个小儿女的性情上的天真纯粹"。

沈先生有时在他的作品中发议论。《长河》是个有意用"夹叙夹议"的方法来写的作品。其他小说中也常常从正反两个方面阐述他的"民族品德重造论"。但是更多的时候他把他的思想包藏在形象中。

《从文自传》中说：

"我记得狄更司的《冰雪因缘》《滑稽外史》《贼史》这三部书反复约占去了我两个月的时间。我欢喜这种书，因为他告给我的正是我所要明白的。他不如别的言说道理，他只记下一些现象。即使他说的还是一种很陈腐的道理，但他却有本领把道理包含在现象中。"

沈先生那时大概没有读过恩格斯的书，然而他的认识和恩格斯的倾向性不要特别地说出，是很相近的。沈先生自己也正是这样做的。他把他的思想深深地隐藏在人物和故事的后面。以至当时就有很多人不知道他要说什么。他们不知道沈从文说的是什么，他们就以为他没有说什么。沈先生有些不平了。他在《从文小说习作选》的题记里说："你们都欣赏我的故事的清新，照例那作品背后蕴藏的热情却忽略了，你们能欣赏我文字的朴实，照例那作品背后隐伏的悲痛也忽略了。"他说他的作品在市场上流行，实际上近于"买椟还珠"。这原是难怪的，因为这种热情和悲痛不在表面上。

其实这也不错。作品的思想和它的诗意究竟不是"椟"和"珠"的关系，它是水果的营养价值和红、香、酸甜的关系。人们吃水果不是吃营养。营养是看不见，尝不出来的。然而他看见了颜色，闻到了香气，入口觉得很爽快，这就很好了。

沈先生是一个诗人。

有诗意还是没有诗意，这是沈先生评价一切人和事物的唯一标准。他怀念祖母或老姑母们，是她们身上"蕴藉了多少抒情气氛"。他讨厌"时髦青年"，是讨厌他们的唯实唯利的庸俗人生观。沈从文的世界是一个充满乡土气息的抒情诗的世界。他一直把他的诗人气质完好地保存到七十八岁。文物，是他现在陶醉在里面的诗。只是由于这种陶醉，他却积累了一大堆吓人的知识。

这份生活真使我感动得很。

一个爱国的作家

　　近十年来，沈从文忽然受到重视，他的作品正在产生越来越广泛、越来越深刻的影响，特别是在青年读者当中。这是一个不得不承认的事实。沈先生已经去世，现在是时候了，应该对他的作品做出公正的评价，在中国现代文学史里给他一个正确的位置。

　　对沈先生的误解之一，是说他"不革命"。这就奇怪了。难道这些评论家、文学史家没有读过《菜园》，没有读过《新与旧》么？沈先生所写的共产党员是有文化素养的，有书卷气的，也许这不太"典型"，但这也是共产党员的一种，共产党员的一面，这不好么？从这两篇小说，可以感觉到沈先生对于那个时期的共产党员知识分子有多么深挚的感情，对于统治者的残酷和愚蠢怀了多大的义愤。这两篇作品是在国民党"清党"以后，白色恐怖覆压着全中国的时候写的。这样的作品当时并不多，可以说是两声沉痛的呐喊。发表这样的作品难道不要冒一点风险么？

对沈先生的误解之二，是说他没有表现劳动人民。请问：《牛》写的是什么？《会明》写的是什么？《贵生》最后放的那把火说明了什么？《丈夫》里的丈夫为了生计，让妻子从事一种"古老的职业"，终于带着妻子回到贫苦的土地，这不是写的农民对"人"的尊严的觉醒么？沈先生说他对农民和士兵怀着不可言说的温爱，这绝对不是假话。把这些作品和《绅士的太太》《王谢子弟》对照着看看，便可知道沈先生对劳动者和吸血寄生者阶级的感情是多么不同。

误解之三，是说他美化了旧社会的农村，冲淡了尖锐的阶级矛盾。这主要指的是《边城》。旧社会的中国农村诚然是悲惨的，超经济的剥削，灭绝人性的压迫，这样的作品当然应有人写，而且这是应该表现的主要方面，但不一定每篇作品都只能是这样，而且各地情况不同。沈先生美化的不是悲惨的农村，美化的是人，是明慧天真的翠翠，是既是业主也是水手的大老、二老，是老爷爷、杨马兵。美化这些人有什么不好？沈先生写农村的小说，大都是一些抒情诗，但绝不是使人忘记现实的田园牧歌。他的《长河》写得很优美，但是他是怕读者对残酷的现实受不了，才故意做出牧歌的谐趣。他的小说的悲痛感情是含蓄的，潜在的，但是散文如《湘西》《湘行散记》，就是明明白白的大声地控诉了。

沈先生小说的一个贯串性的主题是民族品德的发现与重造。他把这个思想特别体现在一系列农村少女的形象里。他笔下的农村女孩子总是那样健康，那样纯真，那样聪明，那样美。他以为这是我们民族的希望。他的民族品德重造思想也许有点迂。但是，我们要建造精神文明，总得有个来源。如果抛弃传统的美德，从哪里去寻找精神文明的根系和土壤？沈先生的作品有一种内在的忧伤，但是他并不悲观，他认为我们这个民族是有希望的，有前途的，他的作品里没有荒谬感和失落感。他对我们这个国家，我们这个民族，对中国人，是充满感情的。假如用一句话对沈先生加以概括，我以为他是一个极其真诚的爱国主义作家。

一九八八年五月十五日

我明白我们的能力，比自然如何渺小，我低首了。

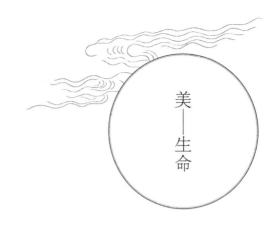

美——生命

我在做一件力不从心的事。

我发现我对我的老师并不了解。

曾经有一位评论家说沈先生是"空虚的作家"。沈先生说这话"很有见识"。这是反话。有一位评论家要求作家要有"思想"。沈先生说："你们所要的'思想'，我本人就完全不懂你说的是什么意义。"这是气话。李健吾先生曾说："说沈从文没有哲学。沈从文怎么没有哲学呢？他最有哲学。"这是真话么？是真话。

不过作家的哲学都是零碎的、分散的，缺乏逻辑，缺乏系统，而且作家所用的名词概念常和别人不一样，有他的自己的意义，因此寻绎作家的哲学是困难的。

沈先生说：曾经有人询问我："你为什么要写作？"

我告诉他我这个乡下人的意见："因为我活到这个世界里有所爱。美丽，清洁，智慧，以及对全人类幸福的幻影，皆永远觉得是一种德行，也因此永远使我对它崇拜和倾心。这点情绪同宗教情绪完全一样。这点情绪促我来写作，不断地写作，没有厌倦，只因为我在各个作品各种形式里，表现我对于这个道德的努力。"

沈先生用了"倾心"这个字眼。他所倾心的对象即使不是互相矛盾的，但也不完全是一回事。只有把"最美丽与最调和的风度"和"德行"统一起来，才能达到完整的宗教情绪。

沈先生是我见过的唯一的(至少是少有的)具有宗教情绪的人。他对人，对工作，对生活，对生命，无不用一种极其严肃的，虔诚笃敬的态度对待。

沈先生曾说：

我崇拜朝气，欢喜自由，赞美胆量大的，精力强的……这种人也许野一点，粗一点，但一切伟大事业伟大作品就只这类人有份。

沈先生又说：我是个对一切无信仰的人，却只相信"生命"。

写《沈从文传》的美国人金介甫说："沈从文的上帝是生命"。

沈先生用这种遇事端肃的宗教情绪，像阿拉伯人皈依真主那样走过了他的强壮、充实的一生。这对年轻人体认自己的价值，是有好处的。这些年理论界提出人的价值观念，沈先生是较早地提出"生命价值"的，并且用他的一生实证了"生命价值"的人。

沈先生在文章中屡次使用的一个名词是："人性"。

"人性"是一个引起麻烦的概念，到现在也没有扯清楚。是不是只有具体的"人性"——其实就是阶级性。有没有抽象的人性，即人类共有的本性？我们只能从日常的生活用语来解释什么是人性，即美的、善的，是合乎人性；恶的、丑的，是不合人性的。通常说：

"灭绝人性"，这个人"没有人性"，就是这样的意思。比如说一个人强奸幼女，"一点人性都没有"。沈先生把"优美""健康"和"不悖人性"联系在一起，是说"人性"是美的，善的。否定一般的、抽象的人性的一个恶果是十年浩劫的大破坏，而被破坏得最厉害的也正是"人性"，以致我们现在要呼唤"人性的回归"。沈先生提出"人性"，我以为在提高民族心理素质上是有益的。

什么是沈从文的宗教意识、沈从文的上帝、沈从文的哲学的核心？——美。

黑格尔提出"美是生命"的命题。我们也许可以反过来变成这样的逆命题："生命是美"，也许这运用在沈先生身上更为贴切一些。

美是人创造的。沈先生对人用一片铜、一块泥土、一把线，加上自己的想象创造出美，总是惊奇不置。

沈先生有时把创造美的人和上帝造物混为一体。

这种美或由上帝造物之手所产生，一片铜，一块石头，一把线，一组声音，其物虽小，可以见世界之大，并见世界之全。或即"造物"，最直接最简便那个"人"。流星闪电刹那即逝，即从此显示一种美丽的圣境，人亦相同。一微笑，一皱眉，无不同样可以显出那种圣境。一个人的手足眉发在此一闪即逝的缥缈印象中，即无不可以见出造物者手艺之无比精巧。凡知道用各种感觉捕捉这种美丽神奇光影的，此光影在生命中即终生不灭。但丁、歌德、曹植、李煜，便是将这种光影用文学组成形式，保留的比较完整的几个人。这些人写成的作品虽各不相同，所得启示必中外古今如一，即一刹那间被美丽所照耀，所征服，所教育是也。

"如中毒，如受电，当之者必喑哑萎悴，动弹不得，失其所信所守"。美之所以为美，恰恰如此。(《烛虚》)

沈先生对自然有一种特殊的敏感，有泛神倾向。他很易为"现象"所感动。河水，水上灰色的小船，黄昏将临时黑色的远山，黑色的树，仙人掌篱笆间缀网的长脚蜘蛛，半枯的柽柳，翠湖的猪耳莲，水手的歌声，画眉的鸣叫……都会使他强烈地感动，以至眼中含泪。沈先生说过：美丽总是使人哀愁的。

沈先生有时是生活在梦里的。

夜梦极可怪。见一淡绿百合花，颈弱而花柔，花身略有斑点青渍，倚立门边微微动摇。在不可知地方好像有极熟悉的声音在招呼：

"你看看好，应当有一粒星子在花中。仔细看看。"

于是伸手触之。花微抖，如有所怯。亦复微笑，如有所恃。因轻轻摇触那个花柄，花蒂，花瓣。近花处几片叶子全落了。

如闻叹息，低而分明。(《生命》)

这很难索解，但是写得多美！

沈先生四十岁以后一直是在梦与现实之间飘游的。

照我思索，能理解"我"。照我思索，可认识"人"。

这里的"我""人"都是复数，是抽象的"人"，哲学的"我"，而沈先生的思索，正如他自己所说，是"抽象的抒情"。

要理解一个作家，是困难的。

一九九三年十月十四日

沈从文的寂寞
——浅谈他的散文

　　一九八一年湖南人民出版社出了沈先生的散文选。选集中所收文章，除了一篇《一个传奇的故事》、一篇《张八寨二十分钟》，其余的《从文自传》《湘行散记》《湘西》，都是三十年代写的。沈先生写这些文章时才三十几岁，相隔已经半个世纪了。我说这些话，只是点明一下时间，并没有太多感慨。古往今来，那么多人写了那么多书，书的命运，盈虚消长，起落兴衰，有多少道理可说呢。不过一个人被遗忘了多年，现在忽然又来出他的书，总叫人不能不想起一些问题。这有什么历史的和现实的意义？这对于今天的读者——主要是青年读者的品德教育、美感教育和语言文字的教育有没有作用？作用有多大？……

　　这些问题应该由评论家、文学史家来回答。我不想回答，也回答不了。我是沈先生的学生，却不是他的研究者(已经有几位他的研究者写出了很好的论文)。我只能谈谈读了他的散文后的印象。当然是很粗浅的。

文如其人。有几篇谈沈先生的文章都把他的人品和作品联系起来。朱光潜先生在《花城》上发表的短文就是这样。这是一篇好文章。其中说到沈先生是寂寞的，尤为知言。我现在也只能用这种办法。沈先生用手中一支笔写了一生，也用这支笔写了他自己。他本人就像一个作品，一篇他自己所写的作品那样的作品。

我觉得沈先生是一个热情的爱国主义者，一个不老的抒情诗人，一个顽强的不知疲倦的语言文字的工艺大师。

这真是一个少见的热爱家乡，热爱土地的人。他经常来往的是家乡人，说的是家乡话，谈的是家乡的人和事。他不止一次和我谈起棉花坡的渡船，谈起枫树坳；秋天，满城飘舞着枫叶。一九八一年他回凤凰一次，带着他的夫人和友人看了他的小说里所写过的景物，都看到了，水车和石碾子也终于看到了，没有看到的只是那个大型榨油坊。七十九岁的老人，说起这些，还像一个孩子。他记得的那样多，知道的那样多，想过的那样多，写了的那样多，这真是少有的事。他自己说他最满意的小说是写一条延长千里的沅水边上的人和事的。选集中的散文更全部是写湘西的。这在中国的作家里不多，在外国的作家里也不多。这些作品都是有所为而作的。

沈先生非常善于写风景。他写风景是有目的的。正如他自己所说：

> 一首诗或者仅仅二十八个字，一幅画大小不过一方尺，留给后人的印象，却永远是清新壮丽，增加人对于祖国大好河山的感情。（《张八寨二十分钟》）

风景不殊，时间流动。沈先生常在水边，逝者如斯，他经常提到的一个名词是"历史"。他想的是这块土地、这个民族的过去和未来。他的散文不是晋人的山水诗，不是要引人消沉出世，而是要人振作进取。

读沈先生的作品常令人想起鲁迅的作品，想起《故乡》《社戏》（沈先生最初拿笔，就是受了鲁迅以农村回忆为题材的小说的影响，思想上也必然受其影响）。他们所写的都是一个贫穷而衰弱的农村。地方是很美的，人民勤劳而朴素，他们的心灵也是那样高尚美好，然而却在一种无望的情况中辛苦麻木地生活着。鲁迅的心是悲凉的。他的小说就混合着美丽与悲凉。湘西地方偏僻，被一种更为愚昧的势力以更为野蛮的方式统治着。那里的生活是"怕人"的，所出的事情简直是离奇的。一个从这种生活里过来的青年人，跑到大城市里，接受了"五四"以来的民主思想，转过头来再看看那里的生活，不能不感到痛苦。《新与旧》里表现了这种痛苦，《菜园》里表现了这种痛苦，《丈夫》《贵生》里也表现了这种痛苦，他的散文也到处流露了这种痛苦。土著军阀随便地杀人，一杀就是两三千。刑名师爷随便地用红笔勒那么一笔，又急忙提着长衫，拿着白铜水烟袋跑到高坡上去欣赏这种不雅观的游戏。卖菜的周家小妹被一个团长抢去了。"小婊子"嫁了个老烟鬼。一个矿工的女儿，十三岁就被驻防军排长看中，出了两块钱引诱破了身，最后咽了三钱烟膏，死掉了。……说起这些，能不叫人痛苦？这都是谁的责任？"浦市地方屠户也那么瘦了，是谁的责任？"——这问题看似提得可笑，实可悲。便是这种诙谐语气，也是从一种无可奈何的痛苦心境中发出的。这是一种控诉。在小说里，因为要"把道理包含在现象中",控诉是无言的,在散文中有时就明明白白地说了出来。"读书人的同情,专家的调查,对这种人有什么用?若不能在调查和同情以外有一个'办法',这种人总永远用血和泪在同样情形中打发日子。地狱俨然就是为他们而设的。他们的生活,正说明'生命'在无知与穷困包围中必然的种种。"(《辰奚谷的煤》)沈先生是一个不习惯于大喊大叫的人,但这样的控诉实不能说是十分"温柔敦厚"。不知道为什么他的这些话很少有人注意。

沈从文不是一个悲观主义者。个人得失事小,国家前途事大。他曾经明确提出:"民族兴衰,事在人为。"就在那样黑暗腐朽(用他的说法是"腐烂")的时候,他也没有丧失信心。他总是想激发青年的自尊心和自信心。"在事业上有以自现,在学术上有以自立。"他最反对愤世嫉俗,玩世不恭。一九四六年,我到上海,失业,曾想过要自杀,他写了一封长信把我大骂了一通,说我没出息。

沈先生关心的是人,人的变化,人的前途。他几次提家乡人的品德性格被一种"大力"所扭曲、压扁。"去乡已十八年,一入辰河流域,什么都不同了。表面上看来,事事物物自然都有了极大进步,试仔细注意注意,便见出在变化中的一种堕落趋势。最明显的事,即农村社会所保有那点正直朴素的人情美,几乎快要消失无余,代替而来的却是近二十年实际社会培养成功的一种唯实唯利的庸俗人生观。敬鬼神畏天命的迷信固然已经被常识所摧毁,然而做人时的义利取舍是非辨别也随同泯没了。"他并没有想把时间拉回去,回到封建宗法社会,归真返璞。他明白,那是不可能的。他只是希望能在一种新的条件下,使民族的热情、品德,那点正直朴素的人情美能够得到新的发展。他在回忆了划龙船的美丽情景后，想到"我们用什么方法，就可使这些人心中感觉一种对'明天'的'惶恐'，且放弃过去对自然的和平态度，重新来一股劲儿，用划龙船的精神活下去？这些人在娱乐上的狂热，就证明这种狂热能换个方向，就可使他们还配在世界上占据一片土地，活得更愉快更长久一些。不过有什么方法，可以改造这些人的狂热到一件新的竞争方面去，可是个费思索的问题。"（《箱子岩》）"希望到这个地面上，还有一群精悍结实的青年，来驾驭钢铁征服自然，这责任应当归谁？"——"一时自然不会得到任何结论。"他希望青年人能活得"庄严一点，合理一点"，这当然也只是"近乎荒唐的理想"。不过他总是希望着。

他把希望寄托在几个明慧温柔、天真纯粹的小儿女身上。寄托在翠翠身上，寄托在《长河》里的三姊妹身上，也寄托在"一个多情水手与一个多情妇人"身上。——这是一篇写得很美的散文。牛保和那个不知名字的妇人的爱，是一种不正常的爱（这种不正常不该由他们负责），然而是一种非常淳朴真挚、非常美的爱。这种爱里闪耀着一种悠久的民族品德的光。提起《边城》和沈先生的许多其他作品，人们往往愿意和"牧歌"这个词联在一起，这有一半是误解。沈先生的文章有一点牧歌的调子。所写的多涉及自然美和爱情，这也有点近似牧歌。但就本质来说，和中世纪的田园诗不是一回事，不是那样恬静无为。有人说《边城》写的是一个世外桃源，更全部是误解（沈先生在《桃源与沅州》中就把来到桃源县访幽探胜的"风雅"人狠狠地嘲笑了一下）。《边城》（和沈先生的其他作品）不是挽歌，而是希望之歌。民族品德会回来么？

这个人也许永远不回来了，也许明天回来！

回来了！你看看张八寨那个弄船女孩子！

令我显得慌张的，并不是渡船的摇动，却是那个站在船头，嘱咐我不必慌张，自己却从从容容在那里当家做事的弄船女孩子，我们似乎相熟又十分陌生。世界上就真有这种巧事，原来她比我二十四年写到的一个小说中人翠翠，虽晚生十来岁，目前所处环境却仿佛相同，同样在这么青山绿水中摆渡，青春生命在慢慢长成。不同处是社会变化大，见世面多，虽对人无机心，而对自己生存却充满信心。一种"从劳动中得到快乐增加幸福成功"的信心。这也正是一种新型的乡村女孩子共同的特征。

寂寞不是坏事。从某个意义上，可以说寂寞造就了沈从文。寂寞有助于深思，有助于想象。"我有自己的生活与思想，可以说是皆从孤独中得来的。我的教育，也是从孤独中得来的。"他的四十本小说，是在寂寞中完成的。他所希望的读者，也是"在多种事业里低头努力，很寂寞的从事于民族复兴大业的人"。安于寂寞是一种美德。寂寞的人是充实的。

寂寞是一种境界，一种很美的境界。沈先生笔下的湘西，总是那么安安静静的。边城是这样，长河是这样，鸭窠围、杨家岨也是这样。静中有动，静中有人。沈先生擅长用一些颜色、一些声音来描绘这种安静的诗境。在这方面，他在近代散文作家中可称圣手。

黑夜占领了全个河面时，还可以看到木筏上的火光，吊脚楼窗口的灯光，以及上岸下船在河岸大石间飘忽动人的火炬红光。这时节岸上船上都有人说话，吊脚楼上且有妇人在黯淡灯光下唱小曲的声音，每次唱完一支小曲时，就有人笑嚷。什么人家吊脚楼下有只小羊叫，固执而且柔和的声音，使人听来觉得忧郁。

这些人房子窗口既一面临河，可以凭了窗口呼喊河下船中人，当船上人过了瘾，胡闹已够，下船时，或者尚有些事情嘱托，或者其他原因，一个晃着火炬停顿在大石间，一个便凭立在窗口，"大老你记着，船下行时又来！""好，我来的，我记着的。""你见了顺顺就说：'会呢，完了；孩子大牛呢，脚膝骨好了；细粉带三斤，冰糖或片糖带三斤。'""记得到，记得到，大娘你放心，我见了顺顺大爷就说：'会呢，完了。大牛呢，好了。细粉来三斤，冰糖来三斤。'""杨氏，杨氏，一共四吊七，莫错账！""是的，放心呵，你说四吊七就四吊七，年三十夜莫会多要你的！你自己记着就是了。"这样那样的说着，我一一都可听到，而且一面还可以听着在黑暗中某一处咩咩的羊鸣。（《鸭窠围的夜》）

真是如闻其声。这样的河上河下喊叫着的对话，我好像在别一处也曾听到过。这是一些多么平常琐碎的话呀，然而这就是人世的生活。那只小羊固执而柔和地叫着，使沈先生不能忘记，也使我多年不能忘记，并且如沈先生常说的，一想起就觉得心里"很软"。

不多久，许多木筏皆离岸了，许多下行船也拔了锚，推开篷，着手荡桨摇橹了。我卧在船舱中，就只听到水面人语声，以及橹桨激水声，与橹桨本身被扳动时咿咿哑哑声。河岸吊脚楼上妇人在晓气迷濛中锐声的喊人，正如同音乐中的笙管一样，超越众声而上。河面杂声的综合，交织了庄严与流动，一切真是一个圣境。

岸上吊脚楼前枯树边，正有两个妇人，穿了毛蓝布衣服，不知商量些什么，幽幽的说着话。这里雪已极少，山头皆裸露作深棕色，远山则为深紫色。地方静得很，河边无一只船，无一个人，无一堆柴。河边某一个大石后面，有人正在捶捣衣服，一下一下的捣。对河也有人说话，却看不清楚人在何处。（《一个多情水手与一个多情妇人》）

"空山不见人，但闻人语响""竹喧归浣女，莲动下渔舟"，静中有动，以动为静，这是中国文学的一个长久的传统。但是这种境界只有一个摆脱浮世的萦绕、习惯于寂寞的人方能于静观中得之。齐白石题画云："白石老人心闲气静时一挥"，寂寞安静，是艺术创作所必需的气质。一个热衷于利禄，心气浮躁的人，是不能接近自然，也不能接近生活的。沈先生"习静"的方法是写字。在昆明，有一阵，他常常用毛笔在竹纸书写的两句诗是："绿树连村暗，黄花入麦稀"。我就是从他常常书写的这两句诗(当然不止这两句)里解悟到应该怎样用少量文字描写一种安静而活泼，充满生气的"人境"的。

我就是个不想明白道理却永远为现象所倾心的人。我看一切，却并不把那个社会价值掺加进去，估定我的爱憎。我不愿为价钱上的多少来为万物作一个好坏批评，却愿意考查他在我官觉上使我愉快不愉快的分量。我永远不厌倦的是"看"一切。宇宙万汇在动作中，在静止中，在我印象里，我都能抓定它的最美丽与最调和的风度，但我的爱好显然却不能同一般目的相合。我不明白一切同人类生活相联结时的美恶，另外一句话来说，就是我不大领会伦理的美。接近人生时我永远是个艺术家的感情，却不是所谓道德君子的感情。（《自传·女难》）

沈先生五十年前所做的这个"自我鉴定"是相当准确的。他的这

72

种诗人气质，从小就有，至今不衰。

《从文自传》是一本奇特的书。这本书可以从各种角度去看。你可以看到从辛亥革命到"五四"湘西一隅的怕人生活，了解一点中国历史；可以看到一个人"生活陷于完全绝望中，还能充满勇气与信心始终坚持工作，他的动力来源何在"，从而增加一点自己对生活的勇气与信心。沈先生自己说这是一本"顽童自传"。我对这本书特别感兴趣，是因为这是一本培养作家的教科书，它告诉我人是怎样成为诗人的。一个人能不能成为一个作家，童年生活是起决定作用的。首先要对生活充满兴趣，充满好奇心，什么都想看看。要到处看，到处听，到处闻嗅，一颗心"永远为一种新鲜颜色，新鲜声音，新鲜气味而跳"，要用感官去"吃"各种印象。要会看，看得仔细，看得清楚，抓得住生活中"最美的风度"；看了，还得温习，记着，回想起来还异常明朗，要用时即可方便地移到纸上。什么都去看看，要在平平常常的生活里看到它的美，它的诗意，它的亚细亚式残酷和愚昧。比如，熔铁，这有什么看头呢？然而沈先生却把这过程写了好长一段，写得那样生动！一个打豆腐的，因为一件荒唐的爱情要被杀头，临刑前柔弱地笑笑，"我记得这个微笑，十余年来在我印象中还异常明朗"。（《清乡所见》）沈先生的这本《自传》中记录了很多他从生活中得到的美的深刻印象和经验。一个人的艺术感觉就是这样从小锻炼出来的。有一本书叫作《爱的教育》，沈先生这本书实可称为一本"美的教育"。我就是从这本薄薄的小书里学到很多东西，比读了几十本文艺理论书还有用。

沈先生是个感情丰富的人，非常容易动情，非常容易受感动（一个艺术家若不比常人更为善感，是不成的)。他对生活、对人、对祖国的山河草木都充满感情，对什么都爱着，用一颗蔼然仁者之心爱着。

山头一抹淡淡的午后阳光感动我，水底各色圆如棋子的石头也感动我。我心中似乎毫无渣滓，透明烛照，对万汇百物，对拉船人与小小船只，一切都那么爱着，十分温暖的爱着！(一九三四年一月十八日)

因为充满感情，才使《湘行散记》和《湘西》流溢着动人的光彩。这里有些篇章可以说是游记或报告文学，但不同于一般的游记或报告文学，它不是那样冷静，那样客观。有些篇，单看题目，如《常德的船》《沅陵的人》，尤其是《辰谿的煤》，真不知道这会是一些多么枯燥无味的东西，然而你看下去，你就会发现，一点都不枯燥！它不同于许多报告文学，是因为作者生于斯，长于斯，在这里生活过(而且是那样的生活过)，它是凭作者自己的生活经验，凭亲历的第一手材料写的，不是凭采访调查材料写的。这里寄托了作者的哀戚、悲悯和希望，作者与这片地、这些人是血肉相关的，感情是深沉而真挚的，不像许多报告文学的感情是空而浅的，——尽管装饰了好多动情的词句。因为作者对生活熟悉且多情，故写来也极自如，毫无勉强，有时不厌其烦，使读者也不厌其烦；有时几笔带过，使读者悠然神往。

和抒情诗人气质相联系的，是沈先生还很富于幽默感。《一个爱惜鼻子的朋友》是一篇非常有趣的妙文。我每次看到："姓印的可算得是个球迷。任何人邀他去踢球，他皆高兴奉陪，球离他不管多远，他总得赶去踢那么一脚。每到星期天，军营中有人往沿河下游四里的教练营大操场玩球时，这个人也必参加热闹。大操场里极多牛粪，有一次同人争球，见牛粪也拼命一脚踢去，弄得另一个人全身一塌糊涂"，总难免失声大笑。这个人大概就是《自传》里提到的印鉴远。我好像见过这个人。黑黑瘦瘦的，说话时爱往前探着头。而且无端地觉得他的脚背一定很高。细想想，大概是没有见过，我见过他的可能性极小。因为沈先生把他写得太生动，以至于使他在我印象里活起来了。沅陵的阙五老，是个多有风趣的妙人！沈先生的幽默是很含蓄蕴藉的。他并不存心逗笑，只是充满了对生活的情趣，觉得许多人，许多事都很好玩。只有一个心地善良，与人无忤，好脾气的人，才能有这种透明的幽默感。他是用微笑来看这个世界的，经常总是很温和地笑着，很少生气着急的时候。——当然也有。

仁者寿。因为这种抒情气质，从不大计较个人得失荣辱，沈先生才能经受了各种打击磨难，依旧还好好地活了下来。八十岁了，还是精力充沛，兴致勃勃。他后来"改行"搞文物研究，乐此不疲，每日孜孜，一坐下去就是十几个小时，也跟这点诗人气质有关。他搞的那些东西，陶瓷、漆器、丝绸、服饰，都是"物"，但是他看到的是人，人的聪明，人的创造，人的艺术爱美心和坚持不懈的劳动。他说起这些东西时那样兴奋激动，赞叹不已，样子真是非常天真。他搞的文物工作，我真想给它起一个名字，叫作"抒情考古学"。

沈先生的语言文字功力，是举世公认的。之所以有这样的功力，一方面是由于读书多。"由《楚辞》《史记》、曹植诗到'挂枝儿'曲，什么我都欢喜看看。"我个人觉得，沈先生的语言受魏晋人文章影响较大。试看："由沅陵南岸看北岸山城，房屋接瓦连椽，较高处露出雉堞，沿山围绕，丛树点缀其间，风光入眼，实不俗气。由北岸向南望，则河边小山间、竹园、树木、庙宇、高塔、民居，仿佛各个位置都在最适当处。山后较远处群峰罗列，如屏如障，烟云变幻，颜色积翠堆蓝。早晚相对，令人想象其中必有帝子天神，驾螭乘蜺，驰骤其间。绕城长河，每年三四月春水发后，洪江油船颜色鲜明，在摇橹歌呼中联翩下驶。长方形大木筏，数十精壮汉子，各据筏上一角，举桡激水，乘流而下。就中最令人感动处，是小船半渡，游目四瞩，俨然四围皆山，山外重山，一切如画。水深流速，弄船女子，腰腿劲健，胆大心平，危立船头，视若无事。"（《沅陵的人》）这不令人想到郦道元的《水经注》？我觉得沈先生写得比郦道元还要好些，因为《水经注》没有这样的生活气息，他多写景，少写人。另外一方面，是从生活学，向群众学习。"我文字风格，假若还有些值得注意处，那只因为我记得水上人的言语太多了。"沈先生所用的字有好些是直接从生活来，书上没有的。比如："我一个人坐在灌满冷气的小小船舱中"的"灌"字，"把鞋脱了还不即睡，便镶到水手身旁去看牌"的"镶"字。这就同鲁迅在《高老夫子》里"我辈正经人犯不上酱在一起"的"酱"字一样，是用得非常准确的。这样的字，在生活里，群众是用着的，但在知识分子口中，在许多作家的笔下，已经消失了。我们应当在生活里多找找这种字。还有一方面，是不断地实践。

沈先生说："本人学习用笔还不到十年，手中一支笔，也只能说正逐渐在成熟中，慢慢脱去矜持、浮夸、生硬、做作，日益接近自然。"沈先生写作，共三十年。头一个十年，是试验阶段，学习使用文字阶段。当中十年，是成熟期。这些散文正是成熟期所写。成熟的标志，是脱去"矜持、浮夸、生硬、做作"。

沈先生说他的作品是一些"习作"，他要试验用各种不同方法来组织铺陈。这几十篇散文所用的叙事方法就没有一篇是雷同的！

"一切作品都需要个性，都必须浸透作者人格和感情，想达到这个目的，写作时要独断，彻底的独断！（文学在这时代虽不免被当作商品之一种，便是商品，也有精粗，且即在同一物品上，制作者还可匠心独运，不落窠臼，社会上流行的风格，流行的款式，尽可置之不问。）"（《从文小说习作选·代序》）这在今天，对许多青年作家，也不失为一种忠告。一个作家，要有自己的风格，经得起时间的考验，必须耐得住寂寞，不要赶时髦，不要追求"票房价值"。

"虽然如此，我还预备继续我这个工作，且永远不放下我一点狂妄的想象，以为在另外一时，你们少数的少数，会越过那条间隔城乡的深沟，从一个乡下人的作品中，发现一种燃烧的感情，对于人类智慧与美丽永远的倾心，康健诚实的赞颂，以及对愚蠢自私极端憎恶的感情。这种感情且居然能刺激你们，引起你们对人生向上的憧憬，对当前一切的怀疑。先生，这打算在目前近于一个乡下人的打算，是不是。然而到另外一时，我相信有这种事。"（《从文小说习作选·代序》）莫非这"另外一时"已经到了么？

一九八二年十一月三日上午

我心很静，很温柔。

沈从文和他的《边城》

　　《边城》是沈从文先生所写的唯一的一个中篇小说。说是中篇小说，是因为篇幅比较长，约有六万多字；还因它有一个有头有尾的故事，——沈先生的短篇小说有好些是没有什么故事的，如《牛》《三三》《八骏图》……都只是通过一点点小事，写人的感情、感觉、情绪。

　　《边城》的故事其实也很简单：茶峒山城一里外有一小溪，溪边有一弄渡船的老人。老人的女儿和一个兵有了私情，和那个兵一同死了，留下一个孤雏，名叫翠翠，老船夫和外孙女相依为命地生活着。茶峒城里有个在水码头上掌事的龙头大哥顺顺，顺顺有两个儿子：天保和傩送，两兄弟都爱上翠翠。翠翠爱二老傩送，不爱大老天保。大老天保在失望之下驾船往下游去，失事淹死；傩送因为哥哥的死在心里结了一个难解疙瘩，也驾船出外了。雷雨之夜，渡船老人死了，剩下翠翠一个人。傩送对翠翠的感情没有变，但是他一直没有回来。

就这样一个简单的故事，却写出了几个活生生的人物，写了一首将近七万字的长诗！

因为故事写得很美，写得真实，有人就认为真有那么一回事。有的华侨青年，读了《边城》，回国来很想到茶峒去看看，看看那个溪水、白塔、渡船，看看渡船老人的坟，看看翠翠曾在哪里吹竹管……

大概是看不到的。这故事是沈从文编出来的。

有没有一个翠翠？

有的。可她不是在茶峒的碧溪岨，是泸西县一个绒线铺的女孩子。

《湘行散记》里说：

"……在十三个伙伴中我有两个极好的朋友。……其次是那个年纪顶轻的，名字就叫'傩右'。一个成衣人的独生子，为人伶俐勇敢，稀有少见。……这小孩子年纪虽小，心可不小！同我们到县城街转了三次，就看中一个绒线铺的女孩子，问我借钱向那女孩子买了三次白棉线草鞋带子……那女孩子名叫'翠翠'，我写《边城》故事时，弄渡船的外孙女，明慧温柔的品性，就从那绒线铺小女孩脱胎出来。"

她是泸西县的么？也不是。她是山东崂山的。

看了《湘行散记》，我很怕上了《灯》里那个青衣女子同样的当，把沈先生编的故事信以为真，特地上他家去核对一回，问他翠翠是不是绒线铺的女孩子。他的回答是：

"我们(他和夫人张兆和)上崂山去，在汽车里看到出殡的，一个女孩子打着幡。我说：这个我可以帮你写个小说。"

幸亏他夫人补充了一句："翠翠的性格、形象，是绒线铺那个女孩子。"

沈先生还说："我平生只看过那么一条渡船，在棉花坡。"那么，碧溪的渡船是从棉花坡移过来的。棉花坡离碧溪不远，但总还有一个距离。

读到这里，你会立刻想起鲁迅所说的脸在那里，衣服在那里的那段有名的话。是的，作家酝酿人物形象和故事情节是一个很复杂的过程。一九五七年，沈先生曾经跟我说过："我们过去写小说都是真真假假的，哪有现在这样都是真事的呢。"有一个诗人很欣赏"真真假假"这句话，说是这说明了创作的规律，也说明了什么是浪漫主义。翠翠、《边城》，都是想象出来的。然而必须有丰富的生活经验，积累了众多的印象，并加上作者的思想、感情和才能，才有可能想象得真实，以至把创作变得好像是报道。

沈从文善于写中国农村的少女。沈先生笔下的湘西少女不是一个，而是一串。

三三、夭夭、翠翠，她们是那样的相似，又是那样的不同。她们都很爱娇，但是各因身世不同，娇得不一样。三三生在小溪边的碾坊里，父亲早死，跟着母亲长大，除了碾坊小溪，足迹所到最远处只是在堡子里的总爷家。她虽然已经开始有了一个少女对于"人生"朦朦胧胧的神往，但究竟是个孩子，浑不解事，娇得有点痴。夭夭是个有钱的橘子园主人的幺姑娘，一家子都宠着她。她已经订了婚，未婚夫是个在城里读书的学生。她可以背了一个特别精致的背篓，到集市上去采购她所中意的东西，找高手银匠洗她的粗如手指的银链子。她能和地方上的小军官从容说话。她是个"黑里俏"，性格明朗豁达，口角伶俐。她很娇，娇中带点野。翠翠是个无父无母的孤雏，她也娇，但是娇得乖极了。

用文笔描绘少女的外形，是笨人干的事。沈从文画少女，主要是画她的神情，并把她安置在一个颜色美丽的背景上，一些动人的声音当中。

……为了住处两山多竹篁，翠色逼人而来，老船夫随便给这个可怜的孤雏，拾取了一个近身的名字，叫做翠翠。

翠翠在风日里长养着，把皮肤变得黑黑的，触目为青山绿水，一对眸子清明如水晶，自然既长养她且教育她。为人天真活泼，处处俨然如一只小兽物。人又那么乖，和山头黄麂一样，从不想到残忍事情，从不发愁，从不动气。平时在渡船上遇陌生人对她有所注意时，便把光光的眼睛瞅着那陌生人，作成随时都可举步逃入深山的神气，但明白了面前的人无心机后，就又从从容容来完成任务了。

风日清和的天气，无人过渡，镇日长闲，祖父同翠翠便坐在门前大岩石上晒太阳；或把一段木头从高处向水中抛去，喉身边黄狗从岩石高处跃下，把木头衔回来；或翠翠与黄狗皆张着耳朵，听祖父说些城中多年以前的战争故事；或祖父同翠翠两人，各把小竹作成的竖笛，逗在嘴边吹着迎亲送女的曲子，过渡人来了，老船夫放下了竹管，独自跟到船边去横溪渡人。在岩上的一个，见船开动时，于是锐声喊着：

"爷爷，爷爷，你听我吹，你唱！"

爷爷到溪中央于是很快乐的唱起来，哑哑的声音，振荡在寂静的空气里，溪中仿佛也热闹了些。实则歌声的来复，反而使一切更加寂静。

篁竹、山水、笛声，都是翠翠的一部分。它们共同在你们心里造成这女孩子美的印象。

翠翠的美，美在她的性格。

《边城》是写爱情的，写中国农村的爱情，写一个刚刚进入青春期的农村女孩子的爱情。这种爱是那样的纯粹，那样不俗，那样像空气里小花、青草的香气，像风送来的小溪流水的声音，若有若无，不可捉摸，然而又是那样的实实在在，那样的真。这样的爱情叫人想起古人说得很好，但不大为人所理解的一句话：思无邪。

沈从文的小说往往是用季节的颜色、声音来计算时间的。

翠翠的爱情的发展是跟几个端午节联在一起的。

翠翠十五岁了。

端午节又快到了。

传来了龙船下水预习的鼓声。

蓬蓬鼓声掠水越山到了渡船头那里时，最先注意到的是那只黄狗。那黄狗汪汪的吠着，受了惊似的绕屋乱走；有人过渡时，便随船渡过河东岸去，且跑到那小山头向城里一方面大吠。

翠翠正坐在门外大石上用棕叶编蚱蜢、蜈蚣玩，见黄狗先在太阳下睡着，忽然醒来便发疯似的乱跑，过了河又回来，就问它骂它：

"狗、狗，你做什么！不许这样子！"

"可是一会儿那远处声音被她发现了，她于是也绕屋跑着，并且同黄狗一块儿渡过了小溪，站在小山头听了许久，让那点迷人的鼓声，把自己带到一个过去的节日里去。"两年前的一个节日里去。

作者这里用了倒叙。

两年前，翠翠才十三岁。

这一年的端午，翠翠是难忘的。因为她遇见了傩送。

翠翠还不大懂事。她和爷爷一同到茶峒城里去看龙船，爷爷走开了，天快黑了，看龙船的人都回家了，翠翠一个人等爷爷，傩送见了她，把她还当一个孩子，很关心地对她说了几句话，翠翠还误会了，骂了人家一句："你个悖时砍脑壳的！"及至傩送好心派人打火把送她回去，她才知道刚才那人就是出名的傩送二老，"记起自己先前骂人那句话，心里又吃惊又害羞，再也不说什么，默默地随了那火把走了"。到了家，"另外一件事，属于自己不关祖父的，却使翠翠沉默了一个夜晚"。这写得非常含蓄。

翠翠过了两个中秋，两个新年，但"总不如那个端午所经过的事甜而美"。

十五岁的端午不是翠翠所要的那个端午。"从祖父和那长年谈话里，翠翠听明白了二老是在下游六百里外沅水中部青浪滩过端午的。"未及见二老，倒见到大老天保。大老还送他们一只鸭子。回家时，祖父说："顺顺真是好人，大方得很。大老也很好。这一家人都好！"翠翠说："一家人都好，你认识他们一家人吗？"祖父不明白这句话的意思所在，聪明的读者是明白的。路上祖父说了假如大老请人来做媒的笑话，"翠翠着了恼，把火炬向路两旁乱晃着，向前快快的走去了"。

"翠翠，莫闹，我摔到河里去了，鸭子会走脱的！"

"谁也不稀罕那只鸭子!"

翠翠向前走去,忽然停住了发问:

"爷爷,你的船是不是正在下青浪滩呢?"

这一句没头没脑的问话,说出了这女孩子的心正在飞向什么所在。

端午又来了。翠翠长大了,十六了。

翠翠和爷爷到城里看龙船。

未走之前,先有许多曲折。祖父和翠翠在三天前业已预先约好,祖父守船,翠翠同黄狗过顺顺吊脚楼去看热闹。翠翠先不答应,后来答应了。但过了一天,翠翠又翻悔,以为要看两人去看,要守船两人守船。初五大早,祖父上城买办过节的东西。翠翠独自在家,看看过渡的女孩子,唱唱歌,心上浸入了一丝儿凄凉。远处鼓声起来了,她知道绘有朱红长线的龙船这时节已下河了。细雨下个不止,溪面一片烟。将近吃早饭时节,祖父回来了,办了节货,却因为到处请人喝酒,被顺顺把个酒葫芦扣下了。正像翠翠所预料的那样,酒葫芦有人送回来了。送葫芦回来的是二老。二老向翠翠说:"翠翠,吃了饭,和你爷爷到我家吊脚楼上去看划船吧?"翠翠不明白这陌生人的好意,不懂得为什么一定要到他家中去看船,抿着小嘴笑笑。到了那里,祖父离开去看一个水碾子。翠翠看见二老头上包着红布,在龙船上指挥,心中便印着两年前的旧事。黄狗不见了,翠翠便离了座位,各处去寻她的黄狗。在人丛中却听到两个不相干的妇人谈话。谈的是砦子上王乡绅想把女儿嫁给二老,用水碾子作陪嫁。二老喜欢一个撑渡船的。翠翠脸发火烧。二老船过吊脚楼,失足落水,爬起来上岸,一见翠翠就说："翠翠，你来了，爷爷也来了吗？"翠翠脸还发烧，不便作声，心想"黄狗跑到什么地方去了呢？"二老又说："怎不到我家楼上去看呢？我已经要人替你弄了个好位子。"翠翠心想："碾坊陪嫁，稀奇事情咧。"翠翠到河下时，小小心腔中充满一种说不分明的东西。翠翠锐声叫黄狗，黄狗扑下水中，向翠翠方面泅来。到身边时，身上全是水。翠翠说："得了，狗，装什么疯！你又不翻船，谁要你落水呢？"爷爷来了，说了点疯话。爷爷说："二老捉得鸭子，一定又会送给我们的。"话不及说完，二老来了，站在翠翠面前微微笑着。翠翠也不由不抿着嘴微笑着。

顺顺派媒人来为大老天保提亲。祖父说得问问翠翠。祖父叫翠翠，翠翠拿了一簸箕豌豆上了船。"翠翠，翠翠，先前那个人来做什么，你知道不知道？"翠翠说："我不知道。"说后脸同脖颈全红了。翠翠弄明白了，人来做媒的是大老！不曾把头抬起，心忡忡地跳着，脸烧得厉害，仍然剥她的豌豆，且随手把空豆荚抛到水中去，望着它们在流水中从从容容流去，自己也俨然从容了许多。又一次，祖父说了个笑话，说大老请保山来提亲，翠翠那神气不愿意；假若那个人还有个兄弟，想来为翠翠唱歌，攀交情，翠翠将怎么说。翠翠吃了一惊，勉强笑着，轻轻的带点恳求的神气说："爷爷，莫说这个笑话吧。"翠翠说："看天上的月亮，那么大！"说着出了屋外，便在那一派清光的露天中站定。

有个女同志，过去很少看过沈从文的小说，看了《边城》提出了一个问题："他怎么能把女孩子的心捉摸得那么透，把一些细微曲折的地方都写出来了？这些东西我们都是有过的，——沈从文是个男的。"我想了想，只好说："曹雪芹也是个男的。"

沈先生在给我们上创作课的时候，经常说的一句话，是："要贴到人物来写。"他还说："要滚到里面去写。"他的话不太好懂。他的意思是说：笔要紧紧地靠近人物的感情、情绪，不要游离开，不要置身在人物之外。要和人物同呼吸，共哀乐，拿起笔来以后，要随时和人物生活在一起，除了人物，什么都不想，用志不纷，一心一意。

首先要有一颗仁者之心，爱人物，爱这些女孩子，才能体会到她们的许多飘飘忽忽的、跳动的心事。

祖父也写得很好。这是一个古朴、正直、本分、尽职的老人。某些地方，特别是为孙女的事进行打听、试探的时候，又有几分狡猾，狡猾中仍带着妩媚。主要的还是写了老人对这个孤雏的怜爱，一颗随时为翠翠而跳动的心。

黄狗也写得很好。这条狗是这一家的成员之一，它参与了他们的全部生活，全部的命运。一条懂事的、通人性的狗。——沈从文非常善于写动物，写牛、写小猪、写鸡，写这些农村中常见的，和人一同生活的动物。

大老、二老、顺顺都是侧面写的，笔墨不多，也都给人留下颇深的印象。包括那个杨马兵、毛伙，一个是一个。

沈从文不是一个雕塑家，他是一个画家。一个风景画的大师。他画的不是油画，是中国的彩墨画，笔致疏朗，着色明丽。

沈先生的小说中有很多篇描写湘西风景的，各不相同。《边城》写酉水：

那条河水便是历史上知名的酉水，新名字叫作白河。白河下游

到辰州与沅水汇流后，便略显浑浊，有出山泉水的意思。靠溯流而上，则三丈五丈的深潭，清澈见底。深潭中为白日所映照，河底小的石子，有花纹的玛瑙石子，全看得明明白白。水中游鱼来去，全如浮在空气里。两岸多高山，山中多可以造纸的细竹，长年作深翠颜色，逼人眼目。近水人家多在桃杏花里。春天时只需注意，凡有桃花处必有人家，凡有人家处必可沽酒。夏天则晾晒在日光下耀目的紫花布衣裤，可以作为人家所在的旗帜。秋冬来时，酉水中游如王村、岔浆、保靖、里耶和许多无名山村，人家房屋在悬岩上的，滨水面的，无不朗然入目。黄泥的墙，乌黑的瓦，位置却那么妥帖，且与四周环境极其调和，使人迎面得到的印象，实在非常愉快。

描写风景，是中国文学的一个悠久传统。晋宋时期形成山水诗。吴均的《与宋元思书》是写江南风景的名著。柳宗元的《永州八记》，苏东坡、王安石的许多游记，明代的袁氏兄弟、张岱，这些写风景的高手，都是会对沈先生有启发的。就中沈先生最为钦佩的，据我所知，是郦道元的《水经注》。

古人的记叙虽可资借鉴，主要还得靠本人亲自去感受，养成对于形体、颜色、声音、乃至气味的敏感，并有一种特殊的记忆力，能把各种印象保存在记忆里，要用时即可移到纸上。沈先生从小就爱各处去看、去听、去闻嗅。"我的心总得为一种新鲜声音、新鲜颜色、新鲜气味而跳。"（《从文自传》）

"雨后放晴的天气，日头炙到人肩上、背上已有了点力量。溪边芦苇水杨柳，菜园中菜蔬，莫不繁荣滋茂，带着一种有野性的生气。草丛里绿色蚱蜢各处飞着，翅膀搏动空气时窸窸作声。枝头新蝉声音虽不成腔，却也渐渐宏大。两山深翠逼人的竹篁中，有黄鸟和竹雀、杜鹃交替鸣叫。翠翠感觉着，望着，听着，同时也思索着……"

这是夏季的白天。

月光如银子，无处不可照及，山上竹篁在月光下变成一片黑色。身边草丛中虫声繁密如落雨，间或不知从什么地方，忽然会有一只草莺"嗤嗤嗤嗤嘘！"转着它的喉咙，不久之间，这小鸟儿又好像明白这是半夜，不应当那么吵闹，便仍然闭着那小小眼儿安睡了。

这是夏天的夜。

小饭店门前长案上常有煎得焦黄的鲤鱼豆腐，身上装饰了红辣椒丝，卧在浅口钵头里，钵旁大竹筒中插着大把朱红筷子……

这是多么热烈的颜色！

到了卖杂货的铺子里，有大把的粉条，大缸的白糖，有炮仗，有红蜡烛，莫不给翠翠一种很深的印象，回到祖父身边，总把这些东西说个半天。

粉条、白糖、炮仗、蜡烛，这都是极其常见的东西，然而它们配搭在一起，是一幅对比鲜明的画。

天已经快夜，别的雀子似乎都休息了，只杜鹃叫个不息，石头泥土为白日晒了一整天，草木为白日晒了一整天，到这时节各放散出一种热气。空气中有泥土气味，有草木气味，还有各种甲虫类气味。翠翠看着天上的红云，听着渡口飘来乡生意人的杂乱声音，心中有些儿薄薄的凄凉。

　　甲虫气味大概还没有哪个诗人在作品里描写过！

　　曾经有人说沈从文是个文体家。

　　沈先生曾有意识地试验过各种文体。《月下小景》叙事重复铺张，有意模仿六朝翻译的佛经，语言也多四字为句，近似偈语。《神巫之爱》的对话让人想起《圣经》的《雅歌》和萨孚的情诗。他还曾用骈文写过一个故事。其他小说中也常有骈偶的句子，如"凡有桃花处必有人家，凡有人家处必可沽酒""地方像茶馆却不卖茶，不是烟馆却可以抽烟"。但是通常所用的是他的"沈从文体"。这种"沈从文体"用它自己的话，就是"充满泥土气息"和"文白杂糅"。他的语言有一些是湘西话，还有他个人的口头语，如"即刻""照例"之类。他的语言里有相当多的文言成分——文言的词汇和文言的句法。问题是他把家乡话与普通话，文言和口语配置在一起，十分调和，毫不"格生"，这样就形成了沈从文自己的特殊文体。他的语言是从多方面吸取的。间或有一些当时的作家都难免的欧化的句子，如"……的我"，但极少。大部分语言是具有民族特点的。就中写人叙事简洁处，受《史记》《世说新语》的影响不少。他的语言是朴实的，朴实而有情致；流畅的，流畅而清晰。这种朴实，来自于雕琢；这种流畅，来自于推敲。他很注意语言的节奏感，注意色彩，也注意声音。他从来不用生造的，谁也不懂的形容词之类，用的是人人能懂的普通词汇。但是常能对于普通词汇赋予新的意义。比如《边城》里两次写翠翠拉船，所用字眼不同。一次是：

有时过渡的是从川东过茶峒的小牛，是羊群，是新娘子的花轿，翠翠必争着作渡船夫，站在船头，懒懒的攀引缆索，让船缓缓的过去。

又一次是：

翠翠斜睨了客人一眼，见客人正盯着她，便把脸背过去，抿着嘴儿，不声不响，很自负的拉着那条横缆。

"懒懒的""很自负的"都是很平常的字眼，但是没有人这样用过，用在这里，就成了未经人道语了。尤其是"很自负的"。你要知道，这"客人"不是别个，是傩送二老呀，于是"很自负的"，就有了很多很深的意思。这个词用在这里真是最准确不过了！

沈先生对我们说过语言的唯一标准是准确(契诃夫也说过类似的意思)。所谓"准确"，就是要去找，去选择，去比较。也许你相信这是"妙手偶得之"，但是我更相信这是"众里寻他千百度，蓦然回首，那人正在灯火阑珊处"。

《边城》不到七万字，可是整整写了半年。这不是得来全不费功夫。沈先生常说：人做事要耐烦。沈从文很会写对话。他的对话都没有什么深文大义，也不追求所谓"性格化的语言"，只是极普通的说话。然而写得如闻其声，如见其人。比如端午之前，翠翠和祖父商量谁去看龙船：

见祖父不再说话，翠翠就说："我走了，谁陪你？"

祖父说："你走了，船陪我。"

翠翠把一对眉毛皱拢去苦笑着，"船陪你，嗨，嗨，船陪你。爷爷，你真是，只有这只宝贝船！"

比如黄昏来时，翠翠心中无端地有些薄薄的凄凉，一个人胡思乱想，想到自己下桃源县过洞庭湖，爷爷要拿把刀放在包袱里，搭下水船去杀了她！她被自己的胡想吓怕起来了。心直跳，就锐声喊她的祖父：

"爷爷，爷爷，你把船拉回来呀！"

请求了祖父两次，祖父还不回来。她又叫：

"爷爷，为什么不上来？我要你！"

有人说沈从文的小说不讲结构。

沈先生的某些早期小说诚然有失之散漫冗长的。《惠明》就相当散，最散的大概要算《泥涂》。但是后来的大部分小说是很讲结构的。他说他有些小说是为了教学需要而写的，为了给学生示范，"用不同方法处理不同问题"。这"不同方法"包括或极少用对话，或全篇都用对话(如《若墨医生》)等等，也指不同的结构方法。他常把他的小说改来改去，改的也往往是结构。他曾经干过一件事，把写好的小说剪成一条一条的，重新拼合，看看什么样的结构最好。他不大用

"结构"这个词，常用的是"组织""安排"，怎样把材料组织好，位置安排得更妥帖。他对结构的要求是："匀称"。这是比表面的整齐更为内在的东西。一个作家在写一局部时要顾及整体，随时意识到这种匀称感。正如一棵树、一个枝子、一片叶子，这样长，那样长，都是必需的，有道理的。否则就如一束绢花，虽有颜色，终少生气。《边城》的结构是很讲究的，是完美地实现了沈先生所要求的匀称的，不长不短，恰到好处，不能增减一分。

有人说《边城》像一个长卷。其实像一套二十一开的册页，每一节都自成首尾，而又一气贯注。——更像长卷的是《长河》。

沈先生很注意开头，尤其注意结尾。

他的小说的开头是各式各样的。

《边城》的开头取了讲故事的方式：

由四川过湖南去，靠东有一条官路，这官路将近湘西边境，到了一个地方名叫'茶峒'的小山城时，有一小溪，溪边有座白色小塔，塔下住了一户单独的人家。这人家只一个老人，一个女孩子，一只黄狗。

这样的开头很朴素，很平易亲切，而且一下子就带起全文牧歌一样的意境。

汤显祖评董解元《西厢记》，论及戏曲的收尾，说"尾"有两种，一种是"度尾"，一种是"煞尾"。"度尾"如画舫笙歌，从远地来，过近地，又向远地去；"煞尾"如骏马收缰，忽然停住，寸步不移，他说得很好。收尾不外这两种。《边城》各章的收尾，两种兼见。

翠翠正坐在门外大石上用棕叶编蚱蜢、蜈蚣玩，见黄狗先在太阳下睡着，忽然醒来便发疯似的乱跑，过了河又回来，就问它骂它：

"狗，狗，你做什么！不许这样子！"

可是一会儿那远处声音被她发现了，她于是也绕屋跑着，并且同黄狗一块儿渡过了小溪，站在小山头听了许久，让那点迷人的鼓声，把自己带到一个过去的节日里去。

这是"度尾"。

……翠翠感觉着，望着，听着，同时也思索着：

"爷爷今年七十岁……三年六个月的歌——谁送那只白鸭子呢？……得碾子的好运气，碾子得谁更是好运气……。"

痴着，忽地站起，半簸箕豌豆便倾倒到水中去了。伸手把那簸箕从水中捞起时，隔溪有人喊过渡。

这是"煞尾"。

全文的最后，更是一个精彩的结尾：

到了冬天，那个圮坍了的白塔，又重新修好了。那个在月下歌唱，使翠翠在睡梦里为歌声把灵魂轻轻浮起的年青人，还不曾回到茶峒来。

这个人也许永远不回来了，也许明天回来。

七万字一齐收在这一句话上。故事完了，读者还要想半天。你会随小说里的人物对远人作无边的思念，随她一同盼望着，热情而迫切。

　　我有一次在沈先生家谈起他的小说的结尾都很好，他笑眯眯地说："我很会结尾。"

一九八〇年五月二十日

你瞧，这小船多好！你听，水声多幽雅。

又读《边城》

请许我先抄一点沈先生写给三姐张兆和(我的师母)的信。

三三，我因为天气太好了一点，故站在船后舱看了许久水，我心中忽然好像彻悟了一些，同时又好像从这条河中得到了许多智慧。三三，的的确确，得到了许多智慧，不是知识。我轻轻地叹息了好些次。山头夕阳极感动我，水底各色圆石也极感动我，我心中似乎毫无什么渣滓，透明烛照，对河水，对夕阳，对拉船人同船，皆那么爱着，十分温暖地爱着！……我看到小小渔船，载了它的黑色鸬鹚向下流缓缓划去，看到石滩上拉船人的姿势，我皆异常感动且异常爱他们。……三三，我不知为什么，我感动得很！我希望活得长一点，同时把生活完全发展到我自己的这份工作上来。我会用自己的力量，为所谓人生，解释得比任何人皆庄严些与透入些！三三，我看久了水，从水里的石头得一点平时好像不能得到的东西，对于人生，对于爱憎，仿佛全然与人不同了。我觉得惆怅得很，我总像看得太深太远，对于我自己，便成为受难者了，这时节我软弱得很，因为我爱了世界，爱了人类。三三，倘若我们这时正是两人同在一处，你瞧我眼睛湿到什么样子！

这是一封家书，是写给三三的"专利读物"，不是宣言，用不着装样子、做假，每一句话都是真诚的，可信的。

从这封信，可以理解沈先生为什么要写《边城》，为什么会写得这样美。因为他爱世界，爱人类。

从这里也可得到对沈从文的全部作品的理解。也许你会觉得这样的解释有点不着边际。不吧。

《边城》激怒了一些理论批评家，文学史家，因为沈从文没有按照他们的要求，他们规定的模式写作。

第一条罪名是《边城》没有写阶级斗争，"掏空了人物的阶级属性"。

是不是所有的作品都要写阶级斗争？

他们认为被掏空阶级属性的人物第一个大概是顺顺。他们主观地提高了顺顺的成分，说他是"水上把头"，是"龙头大哥"，是"团总"，恨不能把他划成恶霸地主才好。事实上顺顺只是一个水码头的管事。他有一点财产，财产只有"大小四只船"。他算个什么阶级？他的阶级属性表现在他有向上爬的思想，比如他想和王团总攀亲，不愿意儿子娶一个弄船的孙女，有点嫌贫爱富。但是他毕竟只是个水码头的管事，为人正直公平，德高望重，时常为人排难解纷，这样人很难把他写得穷凶极恶。

至于顺顺的两个儿子，天保和傩送，"向下行船时，多随了自己的船只充伙计，甘苦与人相共，荡桨时选最重的一把，背纤时拉头纤二纤"，更难说他们是阶级敌人。

针对这样的批评，沈从文作了挑战性的答复："你们多知道要作品有'思想'，有'血'有'泪'，且要求一个作品具体表现这些东西到故事发展上、人物言语上，甚至一本书的封面上，目录上。你们要的事多容易办！可是我不能给你们这个。我存心放弃你们……"

第二条罪名，与第一条相关联，是说《边城》写的是一个世外桃源，脱离现实生活。

《边城》是现实主义的还是浪漫主义的？《边城》有没有把现实生活理想化了？这是个非常叫人困惑的问题。

为什么这个小说叫作《边城》？这是个值得想一想的问题。

"边城"不只是一个地理概念，意思不是说这是个边地的小城。这同时是一个时间概念，文化概念。

"边城"是大城市的对立面。这是"中国另外一个地方另外一种事情"（《边城题记》）。沈先生从乡下跑到大城市，对上流社会的腐朽生活，对城里人的"庸俗小气自私市侩"深恶痛绝，这引发了他的乡愁，使他对故乡尚未完全被现代物质文明所摧毁的淳朴民风十分怀念。

便是在湘西，这种古朴的民风也正在消失。沈先生在《长河·题记》中说："一九三四年的冬天，我因事从北平回湘西，由沅水坐船上行、转到家乡凤凰县。去乡已十八年，一入长河流域，什么都不同了。表面上看来，事事物物自然都有了极大进步，试仔细注意注意，便见出在变化中的堕落趋势。最明显的事，即农村社会所保有的那点正直朴素人情美，几乎快要消失无余，代替而来的却是近二十年实际社会培养成功的一种唯实唯利的人生观。"《边城》所写的那种生活确实存在过，但到《边城》写作时(一九三三——一九三四)已经几乎不复存在。《边城》是一个怀旧的作品，一种带着痛惜情绪的怀旧。《边城》是一个温暖的作品，但是后面隐伏着作者的很深的悲剧感。

可以说《边城》既是现实主义的，又是浪漫主义的，《边城》的生活是真实的，同时又是理想化了的，这是一种理想化了的现实。

为什么要浪漫主义，为什么要理想化？因为想留住一点美好的、永恒的东西，让它长在，并且常新，以利于后人。

《从文小说习作选·代序》说：

这世界上或有想在沙基或水面上建造崇楼杰阁的人，那可不是我。我只想造希腊小庙。选山地作基础，用坚硬石头堆砌它。精致，结实，匀称，形体虽小而不纤巧，是我的理想的建筑。这庙里供奉的是"人性"。

我要表现的本是一种"人生的形式"，一种"优美，健康，自然，而又不悖乎人性的人生形式"。

喔！"人性"！

沈先生对文学的社会功能有他自己看法，认为好的作品除了使人获得"真美感觉之外，还有一种引人'向善'的力量，……从作品中接触另外一种人生，从这种人生景象中有所启发，对人生或生命能做更深一层的理解。"(《小说的作者与读者》)沈先生的看法"太深太远"。照我看，这是文学功能的最正确的看法。这当然为一些急功近利的理论家所不能接受。

《边城》里最难写，也是写得最成功的人物，是翠翠。

翠翠难写，因为翠翠太小了（还不到十六吧）。她是那样天真，那样单纯。小说是写翠翠的爱情的。这种爱情是那样纯净，那样超过一切世俗利害关系，那样的非物质。翠翠的爱情有个成长过程。总体上，是可感的，坚定的，但是开头是朦朦胧胧的，飘飘忽忽的。翠翠的爱是一串梦。

"我平常最会想象好景致，且会描写好景致。"沈从文对写景可算是一个圣手。《边城》写景处皆十分精彩，使人如同目遇。小说里为什么要写景？景是人物所在的环境，是人物的外化，人物的一部分。景即人。

《边城》的结构异常完美。二十一节，一气呵成；而各节又自成起讫，是一首一首圆满的散文诗。这不是长卷，是二十一开连续性的册页。

《边城》的语言是沈从文盛年的语言，最好的语言。既不似初期那样的放笔横扫，不加节制；也不似后期那样过事雕琢，流于晦涩。这时期的语言，每一句都"鼓立"饱满，充满水分，酸甜合度，像一篮新摘的烟台玛瑙樱桃。

《边城》，沈从文的小说，究竟应该在文学史上占一个什么地位？金介甫在《沈从文传》的引言中说："可以设想，非西方国家的评论家包括中国的在内，总有一天会对沈从文做出公正的评价：把沈从文、福楼拜、斯特恩、普罗斯特看成成就相等的作家。"总有一天，这一天什么时候来？

一九九二年十月二日

你来吧，梦里尽管来吧！

读《萧萧》

　　我很喜欢这篇小说，觉得它写得好。但是好在哪里，又说不出。我把这篇小说反反复复看了好多遍，看得我的艺术感觉都发木了，还是说不出好在哪里，大概好的作品都说不出好在哪里。我只能随便说说。想到哪里说到哪里。

　　萧萧这个名字很美。沈先生喜欢给他的小说的女孩子起叠字的名字：三三、夭夭、翠翠。"萧萧"也许有点寓意，让人想到"无边落木萧萧下"。中国妇女的一生，也就像树叶一样，绿了一些时候，随即飘落了。比比皆是，无可奈何。但也许没有什么寓意，只是随便拾取一个名字。不过是很美的。沈先生给这个女孩子起这样一个美丽的名字，说明他对这个女孩子是很喜欢的，很有感情的。

　　《萧萧》写的是一个童养媳的故事。提起童养媳，总给人一个悲惨的印象。挨公婆的打骂，吃不饱，做很重的活。尤其痛苦的是和丈夫年龄的悬殊。中国民歌涉及妇女生活最多的是寡妇，其次便是童养媳。守着一个小丈夫，白耗了自己的青春。有的民歌里唱道："不是看在公婆的面，一脚踢你下床去"。有的民歌让人想到等到丈夫成年，自己已经老了。这是一个极不合理的制度。但是《萧萧》的命运并不悲惨，简直是一个有点曲折的小小喜剧。

萧萧做媳妇时年纪十一岁，有个小丈夫，年纪还不到三岁。十五岁时被一个叫花狗的长工引诱，做了一点糊涂事，怀了孕，被家里知道了，要卖到远处去，但没有主顾。次年二月，萧萧生了一个儿子。生下的既是儿子，萧萧不嫁别处了，到萧萧圆房时，儿子已经十岁了。儿子名叫牛儿。牛儿十二岁也接了亲，媳妇年长六岁。萧萧生了第二个儿子，她抱了才满三月的小毛毛看热闹，同十年前抱丈夫一个样子。萧萧的生活平平常常。这种生活是被许多人，包括许多作家所忽略的。

作为萧萧生活的对比与反衬的，是女学生。小说中屡次提到女学生，这是随时出现、贯彻小说的全篇的。把女学生从小说里拿掉，小说就会显得单薄，甚至就不复存在。女学生牵动所有人物的感情，成为他们生活的重要内容。"女学生这东西，在本乡的确永远是奇闻。""说来事事都稀奇古怪，和庄稼人不同，有的简直还可说岂有此理。""女学生由祖父方面所知道的是这样一种人：她们穿衣服不管天气冷热，吃东西不问饥饱，晚上多到子时才睡觉，白天正经事全不作，只知唱歌打球，读洋书。她们都会花钱，一年用的钱可以买十六只水牛。她们在省里京里想往什么地方去时，不必走路，只要钻进一个大匣子中，那匣子就可以带她到地。城市中还有各种各样的大小不同匣子，都用机器开动。她们在学校，男女在一处上课读书，人熟了，就随意同那男子睡觉，也不要媒人，也不要财礼，名叫'自由'……"祖父对女学生的认识似是而非，是从一个不知什么人的口中间接又间接地得知的，其中有许多他自己的想象，到了萧萧，就把这点想象更发展了。她"做梦也便常常梦到女学生，且梦到同这些人并排走路。仿佛也坐过那种自己会走路的匣子，她又觉得这匣子并不比自己跑路更快。在梦中那匣子的形体同谷仓差不多，里面还有小小灰色老鼠，眼珠子红红的，各处乱跑，有时钻到门缝里去，把个小尾巴露在外边。"在小说中，女学生意味着什么呢？这说明另一世界、另一阶级的人的生活同祖父、萧萧之间，存在多大的反差。女学生成天高唱的"自由"又离他们有多远。

沈先生对女学生的描述是颇为不敬的。这也难怪，脱离农村的现实，脱离经济基础，高喊进步的口号，是没有用的。沈先生在小说中说及这些人时，永远是嘲讽的态度。

这是一个偏僻、闭塞的乡下，如沈先生常说的中国的一角隅。偏僻闭塞并没有直接描写，是通过这里的人对城里人的荒唐想象来完成的。这里还停留在男耕女织、自给自足的自然经济状态(种瓜、绩麻、抛梭子织土机布)。这里的人还没有受到商品经济的影响，孔夫子对他们的影响也不大，因此人情古朴，单纯厚道。

萧萧非常单纯。"她是什么事也不知道，就做了人家的新媳妇了。"过门后，尽一个做姐姐的责任，日夜哄着弟弟(小丈夫)。花狗对她说"我全身无处不大"，她还不大懂这话的意思，只觉得憨而好笑。花狗对萧萧"生了另外一种心，萧萧有点明白了，常常觉得惶恐不安。""平时不知道萧萧所在，花狗就站在高处唱歌逗萧萧身边的丈夫；丈夫小口一开，花狗穿山越岭就来到萧萧面前了。""花狗想方法支使萧萧丈夫到远处去，便坐到萧萧身边来，要萧萧听他唱那使人开心红脸的歌。萧萧有时觉得害怕，不许丈夫走开；有时又像有了花狗在身边，打发丈夫走去反倒好一点。"对农村少女这点微妙心理，作者写得非常精细，非常准确，也非常有分寸。萧萧的恋爱(假如这可叫作恋爱)实无任何浪漫可言。花狗唱了许多歌，到后却向萧萧唱"娇家门前一重坡……"，她心里乱了，她要花狗对天赌咒，赌过了咒，"一切好像有了保障"，她就一切尽他了。事后，"才仿佛明白自己做了一点不大好的糊涂事"。她怀了孕，花狗逃走了，萧萧对他并没有什么扯不断的感情，只是丈夫常常提起几个月前被毛毛虫蜇手(她做糊涂事那天丈夫被毛毛虫蜇了)的旧话，使萧萧心里难过，她因此极恨毛毛虫，见了那小虫就想用脚去踹。这感情有点复杂，但很难说这是什么"情结"，很难用弗洛伊德来解释。

小说里一个活跃人物是祖父。祖父是个有趣人物，除了摆龙门阵学古，就是逗萧萧，几次和萧萧作关于女学生的近乎无意义的扯谈，且喊萧萧不喊"小丫头"，不喊萧萧，却唤作"女学生"。在不经意中萧萧答应得很好。祖父是个好心肠的人，他很爱萧萧。

萧萧的伯父是个忠厚老实人。萧萧出事后，祖父想出个聪明主意，请萧萧本族人来说话。萧萧只有一个伯父，去请他时还以为是吃酒。到了才知道是这样丢脸的事，弄得这老实忠厚的家长手足无措。伯父临走，萧萧拉着伯父衣角不放，只是幽幽的哭。"伯父摇了一会头，一句话不说。"寥寥几笔，就把一个老实种田人写出来了。

花狗也很难说是个坏人。他"面如其心，生长得不很正气"，但

"花狗是男子，凡是男子的美德恶德都不缺少"，他"个子大，胆子小。个子大容易做错事，胆量小做了错事就想不出办法。"他把萧萧的肚子弄大了，不辞而行，可以说不负责任，但是除了一走了之，他能有什么办法呢？

沈先生的小说的开头大都很精彩。一个比较常用的方法是用一个峭拔的短句作为一段，引出全篇。如：

把船停顿到岸边，岸是辰州的河岸。（《柏子》）

落了春雨，一共有七天，河水涨大了。（《丈夫》）

《萧萧》也用的是这方法：

乡下人吹唢呐接媳妇，到了十二月是成天会有的事情。

这个起头是反起。先写被铜锁锁在花轿里的新媳妇照例要在里面荷荷大哭，然后一转，"也有做媳妇不哭的人，萧萧做媳妇就不哭。""她又不害羞，又不怕。她是什么事也不知道，就做了人家的新媳妇了。"这样才能衬托出萧萧什么事也不知道。这以后，就是很"顺"的叙述，即基本上是按事情的先后顺序叙述的。这里没有什么"时空交错"。为什么叙述一定要交错呢？时空交错和这种古朴的生活是不相容的。

沈先生是长于写景的，但是这篇小说属于写景的只有一处：

夏夜光景说来如做梦。大家饭后坐到院中心歇凉，挥摇蒲扇，看天上的星同屋角的萤，听南瓜棚上纺织娘咯咯咯拖长声音纺纱，远近声音繁密如落雨，禾花风翛翛吹到脸上……

恬静的，无忧无虑的夏夜。这是萧萧所生活的环境，并且也才适于引出祖父关于女学生的话来。小说对话很少，不多的对话有两段，都是在祖父和萧萧之间进行的。说这是"近乎无意义的扯谈"，是说这些对话无深意，完全没有什么思想，更无所谓哲理，但对表现祖父的风趣慈祥和萧萧的浑朴天真，是很有必要的。并且这烘托出小说的亲切气氛。

小说穿插了三首湘西四句头山歌。这三首山歌在沈先生别的小说里也出现过，但是用在这里很熨帖。

这篇小说的语言是非常、非常朴素的。所有的叙述语言都和环境、人物相协调，尽量不同城里人的语言。比如对萧萧，不用"天真""浑浑噩噩"这类的字眼，只是说："萧萧十五岁时已高如成人，心却还是一颗糊糊涂涂的心。"语言中处处不乏发自爱心的温暖的幽默(照先生的习惯，是"谐趣")。

新媳妇"像做梦一样，将同一个陌生男子汉在一个床上睡觉，做着承宗接祖的事情。这些事想起来，当然有些害怕，所以照例觉得要哭哭，于是就哭了。"

萧萧嫁过了门，"风里雨里过日子，像一株在园角落不为人注意的蓖麻，大叶大枝，日增茂盛，这小女人简直是全不为丈夫设想那么似的，一天比一天长大起来了。"

"丈夫早断了奶。婆婆有了新儿子，这五岁儿子就像归萧萧独有了。不论做什么，走到什么地方去，丈夫总跟在身边。丈夫有些方面很怕她，当她如母亲，不敢多事。他们俩实在感情不坏。"

家中明白"这个十年后预备给小丈夫生儿子继香火的萧萧肚子已被另一个人抢先下了种。这在一家人生活中真是了不得的一件大事！一家人的平静生活为这件新事全弄乱了。生气的生气，流泪的流泪，骂人的骂人，各按本分乱下去。"这个"各按本分"真是绝妙！

"丈夫知道了萧萧肚子中有儿子的事情，又知道因为这样萧萧才应当嫁到远处去。但是丈夫并不愿意萧萧去。萧萧自己也不愿意去。大家全莫名其妙。只是照规矩像逼到要这样做，不得不做。"

小说的结尾急转直下，完全是一个喜剧：

萧萧次年二月间，十月满足，坐草生了一个儿子，团头大眼，声响洪壮。大家把母子二人，照料得好好的，照规矩吃蒸鸡同江米酒补血，烧纸谢神，一家人都喜欢那儿子。

生下的既是儿子，萧萧不嫁别处了。

到萧萧正式同丈夫拜堂圆房时，儿子已经年纪十岁，有了半劳动力，能看牛割草，成为家中生产者一员了。平时喊萧萧丈夫做大叔，大叔也答应，从不生气。

这儿子名叫牛儿。牛儿十二岁时也接了亲，媳妇年长六岁。媳妇年纪大，方能诸事作帮手，对家中有帮助。唢呐到门前时，新娘在轿中呜呜地哭着，忙坏了那个祖父，曾祖父。

但是，在喜剧的后面，在谐趣的微笑的后面，你有没觉察到沈从文先生隐藏着的悲哀？

一九九〇年九月二十四日

照南方规矩，天太冷了必落雪，一落了雪天就暖和了。

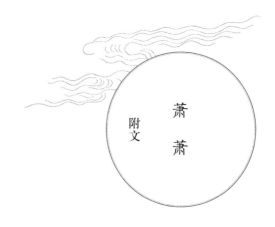

附文

萧萧

乡下人吹唢呐接媳妇，到了十二月是成天会有的事情。

唢呐后面一顶花轿，两个侤子平平稳稳的抬着，轿中人被铜锁锁在里面，虽穿了平时没上过身的体面红绿衣裳，也仍然得荷荷大哭。在这些小女人心中，做新娘子，从母亲身边离开，且准备作他人的母亲，从此必然将有许多新事情等待发生。像做梦一样，将同一个陌生男子汉在一个床上睡觉，做着承宗接祖的事情。这些事想起来，当然有些害怕，所以照例觉得要哭哭，于是就哭了。

也有做媳妇不哭的人。萧萧做媳妇就不哭。这小女子没有母亲，从小寄养到伯父种田的庄子上，终日提个小竹兜箩，在路旁田坎捡狗屎挑野菜。出嫁只是从这家转到那家。因此到那一天，这女人还只是笑。她又不害羞，又不怕。她是什么事也不知道，就做了人家的新媳妇了。

萧萧做媳妇时年纪十二岁，有一个小丈夫，年纪还不到三岁。丈夫比她年少九岁，还不曾断奶。按地方规矩，过了门，她喊他做弟

111

弟。她每天应作的事是抱弟弟到村前柳树下去玩，到溪边去玩。饿了，喂东西吃；哭了，就哄他，摘南瓜花或狗尾草戴到小丈夫头上，或者亲嘴，一面说："弟弟，哪，啵。再来，啵。"在那肮脏的小脸上亲了又亲，孩子于是便笑了。孩子一欢喜兴奋，行动粗野起来，会用短短的小手乱抓萧萧的头发。那是平时不大能收拾蓬蓬松松在头上的黄发。有时候，垂到脑后那小辫儿被拉得太久，把红绒线结也弄松了，生了气，就挞那弟弟几下，弟弟自然哇的哭出声来。萧萧于是也装成要哭的样子，用手指着弟弟的哭脸，说："哪，人不讲理，可不行！"

天晴落雨日子混下去，每日抱抱丈夫，也都同家中作点杂事，能动手的就动手。又时常到溪沟里去洗衣，搓尿片，一面还捡拾有花纹的田螺给坐在身边的小丈夫玩。到了夜里睡觉，便常常做这种年龄人所做的梦，梦到后门角落或别的什么地方捡得大把大把铜钱，吃好东西，爬树，自己变成鱼到水中各处溜。或一时仿佛身子很小很轻，飞到天上众星中，没有一个人，只是一片白，一片金光，于是大喊"妈！"人就吓醒了。醒来心还只是跳。吵了隔壁的人，不免骂着："疯子，你想什么！白天玩得疯，晚上就做梦！"萧萧听着却不作声，只是咕咕的笑。也有很好很爽快的梦，为丈夫哭醒的事情。那丈夫本来晚上在自己母亲身边睡，吃奶方便。有时吃多了奶，或因另外情形，半夜大哭，起来放水拉稀是常有的事。丈夫哭到婆婆无可奈何，于是萧萧轻脚轻手爬起床来，睡眼迷蒙，走到床边，把人抱起，给他看月光，看星光；或者仍然啵啵的亲嘴，互相觑着，孩子气的"嗨嗨，看猫呵！"那样喊着哄着，于是丈夫笑了。玩一会会，困倦起来，慢慢的合上眼。人睡定后，放上床，站在床边看着，听远处一传一递的鸡叫，知道天快到什么时候了，于是仍然蜷到小床上睡去。天亮后，虽不做梦，却可以无意中闭眼开眼，看一阵在面前空中变幻无端的黄边紫心葵花，那是一种真正的享受。

萧萧嫁过了门，做了拳头大丈夫的小媳妇，一切并不比先前受苦，这只看她一年来身体发育就可明白。风里雨里过日子，像一株长在园角落不为人注意的蓖麻，大叶大枝，日增茂盛。这小女人简直是全不为丈夫设想么似的，一天比一天长大起来了。

夏夜光景说来如做梦。大家饭后坐到院中心歇凉，挥摇蒲扇，看天上的星同屋角的萤，听南瓜棚上纺织娘咯咯咯拖长声音纺车，远近声音繁密如落雨，禾花风　吹到脸上，正是让人在各种方便中说笑话的时候。

萧萧好高，一个人常常爬到草料堆上去，抱了已经熟睡的丈夫在怀里，轻轻的轻轻的随意唱着自编的四句头山歌。唱来唱去却把自己也催眠起来，快要睡去了。

在院坝中，公公婆婆，祖父祖母，另外还有帮工汉子两个，散乱的坐在小板凳上，摆龙门阵学古，轮流下去打发上半夜。

祖父身边有个烟包，在黑暗中放光。这用艾蒿作成的烟包，是驱逐长脚蚊得力东西，蜷在祖父脚边，犹如一条乌梢蛇。间或又拿起来晃那么几下。

想起白天场上的事情，祖父开口说话：

"我听三金说，前天又有女学生过身。"

大家就哄然笑了起来。

这笑的意义何在？只因为在大家印象中，都知道女学生没有辫子，留下个鹌鹑尾巴，像个尼姑，又不完全像。穿的衣服像洋人，又不是洋人。吃的，用的，……总而言之，事事不同，一想起来就觉得怪可笑！

萧萧不大明白，她不笑。所以老祖父又说话了。他说：

"萧萧，你长大了，将来也会做女学生！"

大家于是更哄然大笑起来。

萧萧为人并不愚蠢，觉得这一定是不利于己的一件事情，所以接口便说：

"爷爷，我不做女学生。"

"你像个女学生，不做可不行。"

"我不做。"

众人有意取笑，异口同声的说："萧萧，爷爷说得对，你非做女学生不行！"

萧萧急得无可如何，"做就做，我不怕。"其实做女学生有什么不好，萧萧全不知道。

女学生这东西，在本乡的确永远是奇闻。每年一到六月天，据说放"水假"日子一到，照例便有三三五五女学生，由一个荒谬不经的热闹地方来，到另一个远地方去，取道从本地过身。从乡下人眼中看来，这些人都近于另一世界中活下的人，装扮奇奇怪怪，行为更不可思议。这种女学生过身时，使一村人都可以说一整天的笑话。

祖父是当地一个人物，因为想起所知道的女学生在大城中的生活情形，所以说笑话要萧萧也去作女学生。一面听到这话，就感觉一种打哈哈趣味，一面还有那被说的萧萧感觉一种惶恐，说这话不为无意义了。

女学生由祖父方面所知道的是这样一种人：她们穿衣服不管天气冷热，吃东西不问饥饱，晚上交到子时才睡觉，白天正经事全不作，只知唱歌打球，读洋书。她们都会花钱，一年用的钱可以买十六只水牛。她们在省里京里想往什么地方去时，不必走路，只要钻进一个大匣子中，那匣子就可以带她到地。城市中还有各种各样的大小不同匣子，都用机器开动。她们在学校，男女在一处上课读书，人熟了，就随意同那男子睡觉，也不要媒人，也不要财礼，名叫"自由"。她们也做做州县官，带家眷上任，男子仍然喊作"老爷"，小孩子叫"少爷"。她们自己不养牛，却吃牛奶羊奶，如小牛小羊；买那奶时是用铁罐子盛的。她们无事时到一个唱戏地方去，那地方完全像个大庙，从衣袋中取出一块洋钱来(那洋钱在乡下可买五只母鸡)，买了一小方纸片儿，拿了那纸片到里面去，就可以坐下看洋人扮演的影子戏。她们被冤了，不赌咒，不哭。她们年纪有老到二十四岁还不肯嫁人的，有老到三十四十居然还好意思嫁人的。她们不怕男子，男子不能使她们受委屈，一受委屈就上衙门打官司，要官罚男子的款，这笔钱她有时独占自己花用，有时和官平分。她们不洗衣煮饭，也不养猪喂鸡；有了小孩子，也只花五块钱或十块钱一月，雇个人专管小孩，自己仍然整天看戏打牌，或者读那些没有用处的闲书。……

总而言之，说来事事都希奇古怪，和庄稼人不同，有的简直还可说岂有此理。这时经祖父一说明，听过这话的萧萧，心中却忽然有了一种模模糊糊的愿望，以为倘若她也是个女学生，她是不是照祖父说

115

的女学生一个样子去做那些事情？不管好歹，女学生并不可怕，因此一来，却已为这乡下姑娘初次体念到了。

因为听祖父说起女学生是怎样的人物，到后萧萧独自笑得特别久。笑够了时，她说：

"爷爷，明天有女学生过路，你喊我，我要看看。"

"你看，她们捉你去作丫头。"

"我不怕她们。"

"她们读洋书念经你也不怕？"

"念观音菩萨消灾经，念紧箍咒，我都不怕。"

"她们咬人，和做官的一样，专吃乡下人，吃人骨头渣渣也不吐，你不怕？"

萧萧肯定的回答说："也不怕。"

可是这时节萧萧手上所抱的丈夫，不知为甚么，在睡梦中哭了，媳妇于是用作母亲的声势，半哄半吓的说：

"弟弟，弟弟，不许哭，不许哭，女学生咬人来了。"

丈夫还仍然哭着，得抱起各处走走。萧萧抱着丈夫离开了祖父，祖父同人说另外一样古话去了。

萧萧从此以后心中有个"女学生"。做梦也便常常梦到女学生，且梦到同这些人并排走路。仿佛也坐过那种自己会走路的匣子，她又觉得这匣子并不比自己跑路更快。在梦中那匣子的形体同谷仓差不多，里面还有小小灰色老鼠，眼珠子红红的，各处乱跑，有时钻到门缝里去，把个小尾巴露在外边。

因为有这样一段经过，祖父从此喊萧萧不喊"小丫头"，不喊

"萧萧"，却唤作"女学生"。在不经意中萧萧答应得很好。

乡下的日子也如世界上一般日子，时时不同。世界上人把日子糟蹋，和萧萧一类人家把日子吝惜是同样的，各有所得，各属分定。许多城市中文明人，把一个夏天完全消磨到软绸衣服、精美饮料以及种种好事情上面。萧萧的一家，因为一个夏天的劳作，却得了十多斤细麻，二三十担瓜。

作小媳妇的萧萧，一个夏天中，一面照料丈夫，一面还绩了细麻四斤。到秋八月工人摘瓜，在瓜间玩，看硕大如盆、上面满是灰粉的大南瓜，成排成堆摆到地上，很有趣味。时间到摘瓜，秋天真的已来了，院子中各处有从屋后林子里树上吹来的大红大黄木叶。萧萧在瓜旁站定，手拿木叶一束，为丈夫编小小笠帽玩。

工人中有个名叫花狗，年纪二十三岁，抱了萧萧的丈夫到枣树下去打枣子。小小竹竿打在枣树上，落枣满地。

"花狗大，（花狗大的"大"字，即大哥简称）莫打了，太多了吃不完。"

虽这样喊，还不动身。到后，仿佛完全因为丈夫要枣子，花狗才不听话。萧萧于是又警告她那小丈夫：

"弟弟，弟弟，来，不许捡了。吃多了生东西肚子痛！"

丈夫听话，兜了大堆枣子向萧萧身边走来，请萧萧吃枣子。

"姐姐吃，这是大的。"

"我不吃。"

"要吃一颗！"

她两手哪里有空！木叶帽正在制边，工夫要紧，还正要个人帮

117

忙！

"弟弟，把枣子喂我口里。"

丈夫照她的命令作事，作完了觉得有趣，哈哈大笑。

她要他放下枣子帮忙捏紧帽边，便于添加新木叶。

丈夫照她吩咐作事，但老是顽皮的摇动，口中唱歌。这孩子原来像一只猫，欢喜时就得捣乱。

"弟弟，你唱的是什么？"

"我唱花狗大告我的山歌。"

"好好的唱一个给我听。"

丈夫于是帮忙拉着帽边，一面就唱下去，照所记到的歌唱：

天上起云云起花，

包谷林里种豆荚，

豆荚缠坏包谷树，

娇妹缠坏后生家。

天上起云云重云，

地下埋坟坟重坟，

娇妹洗碗碗重碗，

娇妹床上人重人。

歌中意义丈夫全不明白，唱完了就问萧萧好不好。萧萧说好，并且问跟谁学来的，她知道是花狗教他的，却故意盘问他。

"花狗大告我，他说还有好多歌，长大了再教我唱。"

听说花狗会唱歌，萧萧说：

118

"花狗大，花狗大，你唱一个好听的歌我听听。"

那花狗，面如其心，生长得不很正气，知道萧萧要听歌，人也快到听歌的年龄了，就给她唱"十岁娘子一岁夫"。那故事说的是妻年大，可以随便到外面作一点不规矩事情；夫年小，只知吃奶，让他吃奶。这歌丈夫完全不懂，懂到一点儿的是萧萧。把歌听过后，萧萧装成"我全明白"那种神气，她用生气的样子，对花狗说：

"花狗大，这个不行，这是骂人的歌！"

花狗分辩说："不是骂人的歌。"

"我明白，是骂人的歌。"

花狗难得说多话，歌已经唱过了，错了赔礼，只有不再唱。他看她已经有点懂事了，怕她回头告祖父，会挨顿臭骂，就把话支吾开，扯到"女学生"上头去。他问萧萧，看不看过女学生习体操唱洋歌的事情。

若不是花狗提起，萧萧几乎已忘却了这事情。这时又提到女学生，她问花狗近来有没有女学生过路，她想看看。

花狗一面把南瓜从棚架边抱到墙角去，告她女学生唱歌的事情，这些事的来源还是萧萧的那个祖父。他在萧萧面前说了点大话，说他曾经到官路上见过四个女学生，她们都拿得有旗子，走长路流汗喘气之中仍然唱歌，同军人所唱的一模一样。不消说，这自然完全是胡诌的笑话。可是那故事把萧萧可乐坏了。因为花狗说这个就叫做"自由"。

花狗是起眼动眉毛、一打两头翘、会说会笑的一个人。听萧萧带着歆美口气说"花狗大，你膀子真大"，他就说："我不止膀子大。”

“你身个子也大。”

“我全身无处不大。”

萧萧还不大懂得这个话的意思，只觉得憨而好笑。

到萧萧抱了她的丈夫走去以后，同花狗在一起摘瓜，取名字叫哑巴的，开了平时不常开的口。

“花狗，你少坏点。人家是十三岁黄花女，还要等十年才圆房！”

花狗不做声，打了那伙计一巴掌，走到枣树下捡落地枣去了。

到摘瓜的秋天，日子计算起来，萧萧过丈夫家有一年半了。

几次降霜落雪，几次清明谷雨，一家中人都说萧萧是大人了。天保佑，喝冷水，吃粗粝饭，四季无疾病，倒发育得这样快。婆婆虽生来像一把剪子，把凡是给萧萧暴长的机会都剪去了，但乡下的日头同空气都都助人长大，却不是折磨可以阻拦得住。

萧萧十五岁时已高如成人，心却还是一颗糊糊涂涂的心。

人大了一点，家中做的事也多了一点。绩麻、纺车、洗衣、照料丈夫以外，打猪草推磨一些事情也要作，还有浆纱织布。凡事都学，学学就会了。乡下习惯凡是行有余力的都可从劳作中攒点本分私房，两三年来仅仅萧萧个人份上所聚集的粗细麻和纺就的棉纱，也够萧萧坐到土机上抛三个月的梭子了。

丈夫早断了奶。婆婆有了新儿子，这五岁儿子就像归萧萧独有了。不论做什么，走到什么地方去，丈夫总跟在身边。丈夫有些方面很怕她，当她如母亲，不敢多事。他们俩实在感情不坏。

地方稍稍进步，祖父的笑话转到"萧萧你也把辫子剪去好自由"那一类事上去了。听着这话的萧萧，某个夏天也看过了一次女学生，虽不把祖父笑话认真，可是每一次在祖父说过这笑话以后，她到水边去，必不自觉的用手捏着辫子末梢，设想没有辫子的人那种神气，那点趣味。

打猪草，带丈夫上螺蛳山的山阴是常有的事。

小孩子不知事故，听别人唱歌也唱歌。一开腔唱歌，就把花狗引来了。

花狗对萧萧生了另外一种心，萧萧有点明白了，常常觉得惶恐不安。但花狗是男子，凡是男子的美德恶德都不缺少，劳动力强，手脚勤快，又会玩会说，所以一面使萧萧的丈夫非常欢喜同他玩，一面一有机会即缠在萧萧身边，且总是想方设法把萧萧那点惶恐减去。

山大人小，到处是树林蒙茸，平时不知道萧萧所在，花狗就站在高处唱歌逗萧萧身边的丈夫；丈夫小口一开，花狗穿山越岭就来到萧萧面前了。

见了花狗，小孩子只有欢喜，不知其他。他原要花狗为他编草虫玩，做竹箫哨子玩，花狗想方法支使他到一个远处去找材料，便坐到萧萧身边来，要萧萧听他唱那使人开心红脸的歌。她有时觉得害怕，不许丈夫走开；有时又像有了花狗在身边，打发丈夫走去反倒好一点。终于有一天，萧萧就这样给花狗把心窍子唱开，变成个妇人了。

那时节，丈夫走到山下采刺莓去了，花狗唱了许多歌，到后却向萧萧唱：

娇家门前一重坡，

别人走少郎走多，

铁打草鞋穿烂了，

不是为你为哪个？

末了却向萧萧说："我为你睡不着觉。"他又说他赌咒不把这事情告给人。听了这些话仍然不懂什么的萧萧，眼睛只注意到他那一对粗粗的手膀子，耳朵只注意到他最后一句话。末了花狗大便又唱了许多歌给她听。她心里乱了。她要他当真对天赌咒，赌过了咒，一切好象有了保障，她就一切尽他了。到丈夫返身时，手被毛毛虫蜇伤，肿了一大片，走到萧萧身边。萧萧捏紧这一只小手，且用口去呵它，吮它，想起刚才的糊涂，才仿佛明白自己作了一点不大好的糊涂事。

花狗诱她做坏事情是麦黄四月，到六月，李子熟了，她欢喜吃生李子。她觉得身体有点特别，在山上碰到花狗，就将这事情告给他，问他怎么办。

讨论了多久，花狗全无主意。虽以前自己当天赌得有咒，也仍然无主意。原来这家伙个子大，胆量小。个子大容易做错事，胆量小做了错事就想不出办法。

到后，萧萧捏着自己那条乌梢蛇似的大辫子，想起城里了，她说：

"花狗大，我们到城里去自由，帮帮人过日子，不好么？"

"那怎么行？到城里去做什么？"

"我肚子大了。"

"我们找药去。场上有郎中卖药。"

"你赶快找药来，我想……"

"你想逃到城里去自由，不成的。人生面不熟，讨饭也有规矩，不能随便！"

"你这没有良心的，你害了我，我想死！"

"我赌咒不辜负你。"

"负不负我有什么用，帮我个忙，赶快拿去肚子里这块肉吧。我害怕！"

花狗不再做声，过了一会，便走开了。不久丈夫从他处拿了大把山里红果子回来，见萧萧一个人坐在草地上眼睛红红的，丈夫心中纳罕。看了一会，问萧萧：

"姐姐，为甚么哭？"

"不为甚么，灰尘落到眼睛窝里，痛。"

"我吹吹吧。"

"不要吹。"

"你瞧我，得这些这些。"

他把手中拿的和从溪中捡来放在衣口袋里的小蚌、小石头全部陈列到萧萧面前，萧萧泪眼婆娑看了一会，勉强笑着说："弟弟，我们要好，我哭你莫告家中。告家中我可要生气！"到后这事情家中当真就无人知道。

过了半个月，花狗不辞而行，把自己所有的衣裤都拿去了。祖父问同住的长工哑巴，知不知道他为什么走路，走哪儿去？是上山落草，还是作薛仁贵投军？哑巴只是摇头，说花狗还欠了他两百钱，临走时话都不留一句，为人少良心。哑巴说他自己的话，并没有把花狗走的理由说明。因此这一家希奇一整天，谈论一整天。不过这工人既不偷走物件，又不拐带别的，这事情过后不久，自然也就把他忘掉了。

萧萧仍然是往日的萧萧。她能够忘记花狗就好了，但是肚子真有些不同了，肚中东西总在动，使她常常一个人干着急，尽做怪梦。

她脾气坏了一点，这坏处只有丈夫知道，因为她对丈夫似乎严厉苛刻了好些。

仍然每天同丈夫在一处，她的心，想到的事自己也不十分明白。她常想，我现在死了，什么都好了。可是为什么要死？她还很高兴活下去，愿意活下去。

家中人不拘谁在无意中提起关于丈夫弟弟的话，提起小孩子，提起花狗，都像使这话如拳头，在萧萧胸口上重重一击。

到九月，她担心人知道更多了，引丈夫庙里去玩，就私自许愿，吃了一大把香灰。吃香灰被她丈夫看见了，丈夫问这是做甚么，萧萧就说肚痛，应当吃这个。虽说求菩萨保佑，菩萨当然没有如她的希望，肚子中的东西依旧在慢慢的长大。

她又常常往溪里去喝冷水，给丈夫看见时，丈夫问她，她就说口渴。

一切她所想到的方法都没有能够使她同自己不欢喜的东西分开。大肚子只有丈夫一人知道，他却不敢告这件事给父母晓得。因为时间长久，年龄不同，丈夫有些时候对于萧萧的怕同爱，比对于父母还深切。

她还记得花狗赌咒那一天里的事情，如同记着其他事情一样。到秋天，屋前屋后毛毛虫都结茧，成了各种好看蝶蛾，丈夫像故意折磨她一样，常常提起几个月前被毛毛虫螫手的旧话，使萧萧心里难过。她因此极恨毛毛虫，见了那小虫就想用脚去踹。

有一天，又听人说有好些女学生过路，听过这话的萧萧，睁了眼做过一阵梦，愣愣的对日头出处痴了半天。

萧萧步花狗后尘，也想逃走，收拾一点东西预备跟了女学生走的那条路上城去。但还没有动身，就被家里人发觉了。这种打算照乡下人说来是一件大事，于是把她两手捆了起来，丢在灶屋边，饿了一整天。

家中追究这逃走的根源，才明白这个十年后预备给小丈夫生儿子继香火的萧萧肚子已被另一个人抢先下了种。这在一家人生活中真是了不得的一件大事！一家人的平静生活，为这件新事全弄乱了。生气的生气，流泪的流泪，骂人的骂人，各按本分乱下去。悬梁、投水、吃毒药，被禁困着的萧萧，诸事漫无边际的全想到了，究竟是年纪太小，舍不得死，却不曾做。于是祖父从现实出发，想出个聪明主意，把萧萧关在房里，派人好好看守着，请萧萧本族的人来说话，照规矩，看是"沉潭"还是"发卖"？萧萧家中人要面子，就沉潭淹死了她；舍不得死就发卖。萧萧只有一个伯父，在近处庄子里为人种田，去请他时先还以为是吃酒，到了才知是这样丢脸事情，弄得这老实忠厚的家长手足无措。

大肚子作证，什么也没有可说。照习惯，沉潭多是读过"子曰"的族长爱面子才作出的蠢事。伯父不读"子曰"，不忍把萧萧当牺牲，萧萧当然应当嫁人作"二路亲"了。

这也是一种处罚，好象极其自然，照习惯受损失的是丈夫家里，然而却可以在发卖上收回一笔钱，当作为损失赔偿。那伯父把这事情告给了萧萧，就要走路。萧萧拉着伯父衣角不放，只是幽幽的哭。伯父摇了一会头，一句话不说，仍然走了。

一时没有相当的人家来要萧萧，送到远处去也得有人，因此她暂时就仍然在丈夫家中住下。这件事情既经说明白，照乡下规矩，倒又像不甚么要紧，只等待处分，大家反而释然了。先是小丈夫不能再同萧萧在一处，到后又仍然如月前情形，姐弟一般有说有笑的过日子了。

丈夫知道了萧萧肚子中有儿子的事情，又知道因为这样萧萧才应当嫁到远处去。但是丈夫并不愿意萧萧去，萧萧自己也不愿意去。大家全莫名其妙，只是照规矩像逼到要这样做，不得不做。究竟是谁定的规矩，是周公还是周婆。也没有人说得清楚。

在等候主顾来看人，等到十二月，还没有人来，萧萧只好在这人家过年。

萧萧次年二月间，十月满足，坐草生了一个儿子，团头大眼，声响洪壮。大家把母子二人照料得好好的，照规矩吃蒸鸡同江米酒补血，烧纸谢神。一家人都欢喜那儿子。

生下的既是儿子，萧萧不嫁别处了。

到萧萧正式同丈夫拜堂圆房时，儿子已经年纪十岁，有了半劳动力，能看牛割草，成为家中生产者一员了。平时喊萧萧丈夫做大叔，大叔也答应，从不生气。

这儿子名叫牛儿。牛儿十二岁时也接了亲，媳妇年长六岁。媳妇年纪大，才能诸事作帮手，对家中有帮助。唢呐吹到门前时，新娘在轿中呜呜的哭着，忙坏了那个祖父、曾祖父。

这一天，萧萧抱了自己新生的毛毛，在屋前榆蜡树篱笆间看热闹，同十年前抱丈夫一个样子。

这黄昏，真是动人的黄昏。

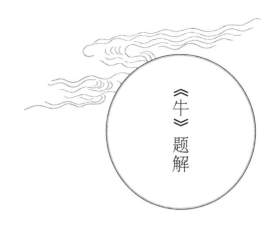

《牛》 题解

　　这是一篇写人与牛的关系的小说。

　　大牛伯在荞麦田里为一点小事生了他的心爱的小牛的气，用榔槌不知轻重地打了小牛的后脚一下，把牛脚打坏了，牛脚瘸了，不能下田拉犁。

　　牛脚不好，大牛伯只好放小牛两天假，让它休息休息，玩两天。

　　可是田里的活耽误不得。五天前刚下过一阵雨，田里的土都酥软了，天气又很好，正是犁田的好时候。

　　大牛伯到两里外场集上找甲长，——这甲长既是地方小官，也是本地牛医。偏偏甲长接到通知，要叫他办招待筹款，他骑上马走了。

　　大牛伯打听到十里远近的虎营有个师傅会治牛病，就专程去请。这位名医给小牛用银针扎了几针，把一些草药用口嚼烂，敷到扎针处、把预许的一串白铜制钱扛到肩上，走了。

　　小牛的脚不见好。

大牛伯就去向有牛的人家借牛用两三天，人家都不借。

大牛伯只好到附近庄子里去请帮工，用人力拖犁。两个帮工，加上大牛伯自己，总算趁好天气把土翻好了。

到第四天，小牛的脚好了，可以下田了。大牛伯因为顾恤到小牛的病脚，不敢悭吝自己的力气；小牛也因为顾虑主人的缘故，特别用力气只向前奔。他们一天耕的田比用人工两倍还多。

《牛》赏析

除几个穿插性的角色，这篇小说只有两个"人物"，大牛伯和他的小牛。这头小牛是通人性的。它对大牛伯有很深的感情。它尽力地为大牛伯犁田。他们的思想感情是可以交流的。大牛伯的心思，小牛完全体会得到。它跟大牛伯说话，用它的水汪汪的大眼睛。他们真是莫逆无间。

牛会做梦。

这牛迷迷糊糊时就又做梦，梦到它能拖了三具犁飞跑，犁所到处土皆翻起如波浪，主人则站在耕过的田里，膝以下皆为松土所掩，张口大笑。

大牛伯会同时和小牛做梦。

当到这可怜的牛做着这样的好梦时，那大牛伯是也在做着同样的梦的。他只梦到用四床大晒谷簟铺在坪里，晒簟上新荞堆高如小山。抓了一把褐色荞子向太阳下照，荞子在手上皆放乌金光泽。那荞就是今年的收成，放在坪里过斛上仓，竹筹码还是从甲长处借来的，一大捆丢到地下，哗的响了一声。而那参与这收成的功臣，——那头小牛，就披了红站在身边，他于是向它说话，神气如对多年老友。他说，"伙计，今年我们好了。我们可以把围墙打一新的了；我们可以换一换那两扇腰门了；我们可以把坪坝栽一点葡萄了；我们……"他全是用"我们"的字言，仿佛这一家的兴起，那牛也有分，或者是光荣，或者是实际。他于是俨然望到那牛仍然如平时样子，水汪汪的眼睛中写得有四个大字："完全同意"。

小牛对大牛伯提出的意见，总是表示"好商量"。大牛伯梦到牛栏里有四头牛，就大声告给"伙计"说：

"伙计，你应该有个伴才是事。我们到十二月再看吧。"

伙计想十二月还有些日子就点点头，"好，十二月吧 。"

小说把小牛人性化了，因此就有颇浓的童话色彩。这童话色彩其实是丰富的人情。

小说的语言带喜剧色彩，这是大牛伯的善良幽默的性格所致。比如：

见到主人，主人先就开口问他是不是把田已经耕完。他告主人牛生了病，不能做事。主人说：

"老汉子，你谎我。耕完了就借我用用，你那小黄是用木榔槌在背脊骨上打一百下也不会害病的。"

"打一百下？是呀，若是我在它背脊骨上打一百下，它仍然会为我好好做事。"

"打一千下？是呀也挨得下，我算定你是捶不坏牛的。"

"打一千下？是呀，……"

"打两千下也不至于……"

"打两千下，是呀，……"

说到这里两人都笑了，……

这样的时候，还能这样的说笑，中国农民的承受弹力真了不起！他们不是小小的挫折可能压垮的。

一切本来是很顺利，很圆满的。小牛的脚好了，荞麦田耕出来了，看样子十二月真可能给小牛找个伴，可是故事却来了个出人意料的结尾：到了十二月，荡里所有的牛全被衙门征发到一个不可知的地方去了，大牛伯只有成天到保长家去探询一件事可做。顺眼中望到自己屋角的大榔槌，就后悔为什么不重重的一下把那畜生的脚打断。

这就是中国的农民。他们没有自己的财产权，衙门中可以任意征用农民的耕牛，只要一句话！

小说的结尾是悲剧。因为前面充满童话色彩、喜剧色彩，就使得这悲剧让人感到格外的沉痛。

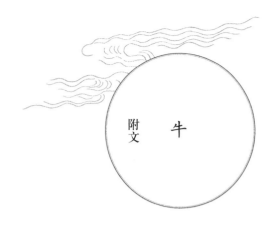

附文　牛

　　有这样一件事情发生，就是桑溪荡里住、绰号"大牛伯"的那个人，前一天居然在荞麦田里，同他相依为命的耕牛为一点小事生气，用木榔槌打了那耕牛后脚一下。这耕牛在平时仿佛他那儿子一样，纵骂骂，也如对亲生儿女，在骂中还不少爱抚的。但是偶然心火一来，不能节制自己，只随意敲了一下，不平常的事因此就发生了。当时这主人还不觉得。第二天，再想放牛去耕那块工作未完事的荞麦田，牛不能像平时很大方的那么走出栏外了。牛后脚出了毛病，就因为昨天大牛伯主人，那么不知轻重在气头下一榔槌的结果。

　　大牛伯见牛不济事，有点行动不灵便了，牵了牛系在大坪里木桩上，蹲到牛身下去，扳了那牛脚看。他这样很温和的检查那小牛，那牛仿佛也明白了大牛伯心中已认了错，记起过去两人的感情了，就回头望着主人，大眼中凝了一泡泪，非常可怜的似乎想同大牛伯说一句有分寸的话，这话意思是："大爹，我不怨你。平素你待我很好。你打了我，把我脚打坏，是昨天的事。如今我们讲和了。我只一点儿不方便，过两天就会好的。"

可是到这意思为大牛伯看出时，他却很狡猾的用着习惯的表情，闭了一下左眼。他不再摩抚那只牛脚了。他站起来在牛的后臀上打了一拳，拍拍手说：

"坏东西，我明白你。你会撒娇，好聪明！从什么地方学来的，打一下就装走不动路？你必定是听过什么故事。以为这样当家人就可怜你了，好聪明！我看你眼睛，就知道你越长心越坏了。平时干活就不肯好好的做，吃东西也不肯随便，这大王脾气，是我都没有的脾气！"

主人说过很多聪明的话语后，就走到牛头前去，当面对牛，用手指戳着那牛额头：

"你不好好的听我管教，我还要打你这里一下，在右边。这里也得打一下，在左边。我们村子里小孩子不上学，老师有这个规矩，打了手心，还要向孔夫子圣人拜拜，向老师拜拜，不许哭。你要哭吗？坏东西呀！你不知道这几天天气正好吗？你明白五天前天上落的雨，是为天上可怜我们，知道我们应当种荞麦了，为我们润湿土地，好省你的气力吗？……"

大牛伯一面教训面前的牛，一面看天气。天气实在太好了，就仍然扛了翻犁，牵了那被教训过一顿说是"撒娇偷懒"的小牛，到田中去做事。牛虽然有意同他主人讲和，当家人也似乎看清楚了这一点，但实在是因为天气太好，不做事不可行，所以到后就仍然瘸着在平田中拖犁，翻着那为雨润湿的土地了。大牛伯虽然像管束到他那小

134

牛，仍然在它背上加了犁轭，但是人在后面，看到牛一瘸一拐的向前奔时，心中到底不能节制自己的悲悯，觉得自己做事有点任性，不该随意那么一下了。他也像做父亲的所有心情，做错了事表面不服输，但心中究竟有点过意不去，于是比平时更多用了一些力气，与牛合作，让大的汗水从太阳角流到脸上。也比平时少骂那牛许多——在平时，这牛是常常因为觑望了别处风景或过路人，转身稍迟，大牛伯就创作出无数希奇古怪的名词来骂它的。天下事照例是这样，要求人了解，再没有比沉默更合式了。有些人总以为天生了人的口，就是为说话用，有心事，说话给人听，人就了解了。其实如果口是为说话才用得着的一种东西，那么大牛、小鸟全有口，大的口已经有那么大，说"大话"也够了，为甚么既不去作官，又不能去演讲呢？并且说"小话"，小鸟也永远赶不上人。这些事在大牛伯的见解下，是不会错的。

在沉默中他们彼此才能互相了解，这是一定的。如今的大牛伯和他的小牛，友谊就成立在这种无言中。这时那牛一句话不说，也不呻唤，也不嚷痛，也不说"请老爷赏一点药或补几个药钱"。（如果是人，他必定有这样正当的于自己有利益的要求。）这牛并且还不说"我要报仇，非报仇不可"那样恐吓主人的话语，就是态度也缺少这种仿佛切齿的不平。它只是仍然照老规矩做事，十分忠实的用力拖犁，使土块翻起。它嗅着新土的清香气息。它的努力在另一些方法上使主人感到了。它努力喘着气，因为脚跟痛苦，走时没有平时灵便，但它一个字不说，它"喘气"却不"叹气"。到后大牛伯的心完全软了。——懂得它一切，了解它，完全不必靠那只供聪明人装饰自己的言语。

　　不过大牛伯心一软，话也说不出了。他如说"朋友，这是我错"，也许那牛还疑心这是谎话。这谎话一则是想用言语把过错除去，二则是谎它再发狠做事。人与人是常常有这样事情的，并不止牛可以这样多疑。他若说"已经打过了，也无办法。我是主人，虽然是我的任性，也多半是你服务不十分尽力。我们如今功过两抵，以后好好生活吧"，这样说，牛若听得懂他的话，牛也不甘心的。因为它常常自信已尽过了所能尽的力，一点不敢怠惰，至于报酬，又并不争论；主人假若还有人心，自己就不至于挨一榔槌！并且用家伙殴打，用言语抚慰，这样事别的不能证明，只恰恰证明了人类做主子的不老实罢了。他们会说话，用言语装饰自己的道德仁慈，又用言语作恶，虽恶不费。如今的小牛正因为主人一句话不说，不引咎自责，不辩解，也不假托这事是吃醉了酒以后发生的不幸，明白了主人心情的。有些人还常常用"醉酒"这样字眼作过一切岂有此理的坏事，他只是一句话不说，仍然同牛在田中来回的走，仍然嘘嘘的督促它转弯，仍然用鞭敲打牛背。但他昨天所作的事使他羞惭，特别的用力推犁，又特别表示在他那照例的鞭子上。他不说这罪过归谁，想明白这责任，他只是处处看出了它的痛苦，而同时又看到天气。"我本来愿意让你休息，全是因为下半年的生活，才不能不做事！"这种情形他不说话也被他的牛看出了的。他们真的已讲和了。

　　犁了一块田，他同那牛停顿在一个地方，释了牛背上的轭，他才说话。

　　他说："我这人真是老糊涂了，人老了就要做蠢事。我想你玩半天，养息一会，就会好的。你说是不是？”小牛别无意见可说，望着天上，天空头上正有只喜鹊飞过去。

　　他就让牛在有水草的沟边去玩，吃草饮水，自己坐到犁上想心事。他的的确确是打量他的牛明天就会全好了的。他还没有把荞麦下田，就计算到新荞麦上市的价钱。他又计算到别的一些事情，说起来全都近于很平常的。他打火镰吸烟，一面吸烟一面看天。天蓝得怕人，高深无底，白云散布四方，白日炙人背上如春天。这时是九月，离真的春天还远。

　　那只牛，在水边站了一会。水很清冷，草是枯草。它脚有苦痛，工作疲倦了。这忠厚动物，它到后躺在斜坡下坪中睡了。被太阳晒着，非常舒服的做了梦。梦到大爹穿上新衣，它自己角上却缠了一幅红巾，两个大步的从迎春的寨里走出，预备回家。这是一只牛所能做的最光荣的好梦。因为这梦，不消说它就把一切过去的事全忘了，把脚上的痛处也忘了。

　　正午，山上寨子有鸡叫了，大牛伯牵他的牛回家。

　　回家时，它看到它主人似乎很忧愁，明白是它走路的跛足所致。它曾小心的守着老规矩好好走路，它希望它的脚快好，就是让凶恶粗暴不讲理的兽医揉搓一阵也很愿意。

　　他呢，的确是有点忧愁！就因为那牛休息时，侧身睡到草坪里，他看到它那一只被木榔槌所敲打过的腿时时挛缩着，似乎不是一天两日就会转好。又看到犁同那牛合作所犁过的田，新翻起的土壤如开花，于是为一种不敢十分去猜想的未来事吓呆了，“万一……？”那么，荞麦价和自己不相干了，一切都将不和自己相干了。

他在回家的路上，看到小牛的步伐，想到的事完全是麦价以外的事。究竟是些什么，他是不敢明确的。总而言之，万一就这样了，那么，他同他的事业就全完了。这就像赌输了钱一样，同天打赌，好的命运属于天，人无份，输了，一切也应当完事。假若这样说吧，就是这牛因为这脚无意中一榔槌，从此跛了，医不好了，除了做菜或做牛肉干，切成三斤五斤一块，用棕绳挂到灶头去熏，要用时再从灶头取下切细加辣子炒吃，没有别的意义，那么，大牛伯也得……因为牛一死，他什么都完了。

把牛系到院中木桩旁，到箩筐里去取红薯拌饭煮时的大牛伯，心上的阴影还是先前一样。

到后，抓了些米头子撒在院中喂鸡，望到那牛又睡下去把那后脚缩短，大牛伯心上阴影更厚了一层。

吃过了中饭，他就到两里外场集上去找甲长。甲长是本地方小官，也是本地方牛医。甲长如许多名医一样，显出非常忙迫而实在又无甚么事情的样子。他们老早就相熟的。

他先开口说话，"甲长，我牛脚出了毛病。"

甲长说："这是脚癀，拿点药去一擦就好。"

他说："不是的。"

"你怎么知道不是，近来患脚癀的极多，今天有两个桑溪人的牛都有脚癀。"

"不是癀，是搞伤了的。"

"那我有伤药。"这甲长意思是大凡是脚，不问是牛是人，只有一种伤，就是碰了石头扭了筋，他的伤药也就是为这一种伤所配合的。

大牛伯到后才说这是他用木榔槌打了一下的结果。

他这样接着说：

"……我恐怕那么一下太重了。今天早上这东西就对我哭，好象要我让它放工一天。我的哥，你说怎么办得到？天雨是为方便我们穷人落的。天上出日头，也是方便我们。田不在这几天耕完，我们还有甚么时候？我仍然扯了它去。一个上半天，我用的力气还比它多。可是它实在不行了，睡到草坪内，样子很苦。它像怕我要丢了它，见我不作声，神气很忧愁。我明白这大眼睛所想说的话和所有的心事。"

甲长答应同他到村里去看看那小牛，到将要出门，别处有人送"鸡毛文书"来了，说县里有军队过境，要办招待筹款，召集甲长会议，即刻就到会。

这甲长一面用一个乡绅的派头骂娘，"办你个妈的鬼招待，总是招待！"一面换青泰西缎马褂，喊人备马，喊人为衙门人办点心，忙得不亦乐乎。大牛伯叹了一口气，一人回了家。

回到家来他望着那牛，那牛也望着他，两位真正讲了和，两位似乎都知道这脚不是一两天可好的事了。在自己认错中，大牛伯又小心的扳了一回牛脚，检查那伤处，用了一些在五月初五挖来的草药(这是平时给人揉跌打损伤的)，敷在牛脚上去，小心小心把布片包好。小牛像很懂事，规规矩矩尽主人处理，又规规矩矩回牛栏里去睡。

晚上听到牛吃草声音，大牛伯拿了灯照过好几次，这牛明白主人是因为它的缘故晚睡的。每遇到大牛伯把一个圆大的头同一盏桐油灯从栅栏边伸进时，总睁大了眼睛望它主人。

他从不问它"好了么？"或"吃亏？"那一类话，它也不告他"这不要紧"，或"我请你放心"那类话。他们的互相了解不在言语，而他们却是真真很了解的。

这夜里牛也有很多心事，它明白他们的关系。他用它帮助，所以同它生活；但一到了他看出不能用到它的出力时候，它就将让另外一种人牵去了。它还不很清楚牵去了以后将做甚么用途，不过间或听到主人在愤怒中说"发瘟的""作牺牲的""到屠户手上去吧"这一类很奇怪的话语时，总隐隐约约看得出只要一和主人离开，情形就有点不妥，所得的痛苦恐怕就不止是诅骂同鞭打了。为了这不可知的未来，它如许多人一样，对这问题也很想了一些时间，譬若逃走离开那屠户，或用角触那凶人，同他拼命，又或者……它只不会许愿，因为许愿是人才懂这个事。并且凡是许愿求天保佑，多说在灾难过去幸福临门时，杀一只牛或杀猪杀羊，至少必须一只鸡；假如人没有东西可许(如这一只牛，却甚么也没有是它自己的，只除了不值价的从身上取出的精力)，那么天也不会保佑这类人的。

这牛迷迷糊糊时就又做梦，梦到它能拖了三具犁铧飞跑，上山下田，犁所到处土地翻起如波浪。主人正站在耕过的田里，膝以下全被松土所掩，张口大笑。当这可怜的牛做着这样的荒唐好梦时，那大牛伯也同样正做着好梦。他正梦到用四床大晒谷簟铺在坪里，晒簟上新荞堆高如小山，抓了一把褐色荞子向太阳下照，荞子在手上闪放乌金光泽。那荞子就是今年的收成，放在坪里过斛上仓，竹筹码还是从甲长处借来的，一大捆丢到地下，哗的响了一声。而那参预这收成的功臣——那只小牛，两角间就披了红，站在身边。他于是向它说话，神

140

气如对多年老友。他说："朋友，今年我们好了。我们可以把围墙打一新的了；我们可以换两扇腰门了；我们可以把坪坝栽一点葡萄了；我们……"他全是用"我们"的字眼，因为必须承认这一家的兴起，那牛也有份，或者是光荣，或者是实际。他于是俨然望到那牛仍然如平时样子，水汪汪的眼睛中写得有四个大字，"完全同意"。

好梦是生活的仇敌，是神给人的一种嘲弄，所以到大牛伯醒来，他比起没有做梦的平时更多不平。他第一先明白了荞麦还不上仓，其次就记起那用眼睛说"完全同意"的牛是还在栏中受苦了。天还不曾亮，就又点了灯到栏中去探望那"伙计"。他如做梦一样，喊那牛做"伙计"，问它上了药是不是好了一点。牛不做声，因为它不能说它正做了甚么梦。它很悲戚的看着主人，且记起了平常日子的规矩，想站起身来，跟随主人出栏。

它站起走了两步，他看它还是那样瘸跛，噗的把灯吹熄，叹了一口气，走向房里躺在床上了。

他们都在各自流泪。他们都看出梦中的情形是无希望的神迹了，对于生存，有一种悲痛在心。

到了平时下田的早上，大牛伯却在官路上走，因为打听得十里远近的得虎营有个师傅会治牛病，特意换了一件衣，用红纸封了两百钱，预备到那营寨去请牛医为家中伙计看病。到了那里被狗吓了一阵，师傅又不凑巧出去了。问明白了不久会回家，他想这没有办法，就坐到寨子外面大青树下等待。在那大青树下就望到别人翻过的田，八十亩、一百亩，全在眼前炫耀。等了好半天，那师傅才回家，会了面，问起情形，这师傅也一口咬定是牛癀。

大牛伯说："不是，我的哥。是我那一下分量稍重了点，或打断了筋。"

"那是伤转癀，我打包票，拿这药去就行。"

大牛伯心想："癀药我家还少？要走十里路来讨这鬼东西！"把嘴一瘪，做了一个可笑的表情。

说也奇怪，先是说的十分认真了，决不能因为这点点小事走十里路。到后大牛伯忽然想透了，明白一定是嫌包封太轻了，答应了包好另酬制钱一串。这医生心中活动，不久就同大牛伯在官路上奔走，取道回桑溪了。

这名医和大城中名医并不两样，有名医的排场。到了家，先喝酒取暖，吃点心饭。饭用过后，剔完牙齿，又吃一会烟，才要主人把牛牵到坪中来，把衣袖卷到肘上，从个竹筒中倒出几支银针。拿了针，由帮手把牛脚扳举，才略微用手按了按伤处，看看牛的舌头同耳朵。因为要说话，他就照例对于主人的冒失，加以一种责难。说是这地方怎么能狠心乱打？东西打狠了是不行的。又对主人随便把治人伤药用到牛脚上，认为是一种将来不可大意的事情。到后才在牛脚上随意扎了那么几针，把一些药用口嚼烂，敷到针扎处，包了杉木皮，说是"过三天包好"的话，嘱帮手把那预许的一串白铜制钱扛到肩上，游方僧那么从容摇摆去了。

把师傅送走，站在门外边，一个卖片糖的本乡人从那门前大路下过身，看到了大牛伯在坎上门前站，就关照说：

"大牛伯，大牛伯，今天场上有好嫩牛肉，知道了没有？"

"呸，见你的鬼！"他吐了一口沫，这样轻轻的回答了那好意关照他的卖糖人，走进大门顺的把门关了。

他愿意信仰那师傅，所以一想起师傅索取制钱时一点不勉强的就把钱给了。但望到从官路上匆匆走去的那师傅背影，尤其是那在帮手肩上一串制钱，他有点对于这师傅本领怀疑，且像自己是又做错了件事情，不下于打那小牛一榔槌了，就不免懊悔起来。他以为就是这么随便两针，也值一串二百钱、一顿点心，这显然是一种欺骗，为天所不许的。自己性急所以又上当了。那时就正有点生气，到后又为卖糖人喊他买"牛肉"，简直是有意暗示，更不高兴了。走进门见小牛睡在坪里，就大声辱骂："明天杀了你吃，清炖红焖一大锅，看你脚会好不好！"

那牛正因为被师傅扎了几针，敷了药，那只脚疼痛不过，全身见寒见热。听到主人这样气愤愤的骂它，睁了眼看见大牛伯样子，心里很难过，又想哭哭。大牛伯一见情形，才觉得自己仍然做错了事，不该说这气话了。就坐到院坪中石碌碡上，一句话不说，背对太阳，尽太阳烤炙肩背。天气正是适宜于耕田的天气，他想同谁去借牛，把其余的几亩地土翻松一下，好趁早落种，想不出当这样时节谁家有可借的牛。

过了一会，他不能节制自己，又骂出怪话来了，他向那牛表示态度：

"你撒娇，就是三只脚，你也要做事！"

它有什么可说呢？它并不是故意。它从不知道"牛"有理由可以在当忙的日子中休息，而这休息还是"借故"。天气这样好，它何尝不欢喜到田里去玩玩；它何尝不想为主人多尽一点力，直到那粮食满屋满仓、"完全同意"的日子。就是如今脚不行了，它何尝又说过"我不做""我要休息"一类话。不过主人的生气，它也能原谅。因为这不比其他人的无理由胡闹。可是它有什么可说呢？它能说"打包票，我明天就好"吗？它能说"不相信，我们这时就去"吗？它既没有说过"我要休息"，当然也不必来说"我可以不休息"了。

它一切尽老爹，这是它始终一贯的性格。这时节主人如果把犁扛出，它仍然会跟了主人下田，开始做工，无一点不快乐神气，无一点不耐烦。

可是说过好歹要工作的大牛伯，到后又来摸它的耳朵，摸它的眼，摸它的脸颊了。主人并不是成心想诅咒它入地狱、下油锅，他正因为不愿意它和他分手，把它交给一个屠户，才有这样生气发怒的时候！它所以始终不说一句话，也就是能理解大牛伯平时在它身上所做的好梦。它明白它的责任。它还料想得到，再过三天脚不能复原，主人脾气忽然转成暴躁非凡，也是自然应当的事。

当大牛伯走到屋里去找取镰刀削犁把上小木栓时，它曾悄悄的独自在院里绕了圈走动，试试可不可以如平常样子。可怜的东西，它原是同世界上有些"人"一样，不惯于在好天气下休息赋闲的。只是这一点，大牛伯却缺少理解这伙计的心。他并没有想到它还为这怠工事情难过，因为做主人的照例不能体会到做工的畜。

大牛伯削了一些木栓，在大坪中生气似的敲打了一阵犁头，想了想纵然伙计三天会好，也不能尽这三天空闲，因为好的天气是不比印子钱，可以用息金借来的。并且许愿也不容易得到好天气。所以心上活动了一阵，就走到上四堡去借牛。他估定了有三处可以说话，有一处最可靠。有了牛，他在夜间也得把那片田土马上耕好。

他就到了第一个有牛的熟人家去，向主人开口。

"老八，把你牛借我两三天，我送你两斗麦子。"

主人说："大牛伯伯，你帮我想法借借牛吧。我正要找你去，我愿意出四斗麦子。"

"那我也出四斗。"

"怎么？你牛不是好好的么？"

"有痨呃。……"

"哪会有痨？"

"请牛医看过了，花一串制钱。"

主人知道大牛伯的牛很健壮，平素又料理得极好，就反问他究竟为什么事缺少牛用。没有把牛借到的牛伯，自然仍得一五一十的把伙计如何被自己一榔槌的故事学学。他在叙述这故事中，不缺少自怨自艾的神气。可是用"追悔"是补不来"过失"的。没有话可说，就转到第二家去。

见到主人，主人先就开口，问他是不是把田已经耕完。他告主人牛生了病，不能做事。主人说：

"老爹，你谎我。田耕完了就借我用用。你家那个小黄，用木榔槌在背脊骨上打一百下也不会害病！"

"打一百下？是呀，若是我在它背脊骨上打一百下，它仍然会为我好好做事。"

"打一千下也不会……是呀，也挨得起。我算定你是捶不坏牛的。"

"打一千下？是呀，……"

"打两千下也不至于。"

"打两千下？是呀，……"

说到这里两人都笑了，因为他们在这闲话上随意能够提出一种蛮大数目，且在这数目上得到一点仿佛是近于"银钱""大麦的斛数"那种意味。他到后就告给了主人，还只打一下，牛就不能行动自然了。主人还不相信，他才再来解释打的地方不是背脊，却是后脚弯。本意是来借牛，结果还是说一阵空话了事。主人的牛虽不病可是无空闲，也正在各处设法借牛趁天气好赶天气。

待到第三处熟人家，就是牛伯以为最可靠的一家去时，天色已夜了，主人不在家，下了田还没回来。问那家的女人，才明白主人花了一斛麦子，向长宁哨保总家借了一只牛，连同家中那只牛在田中翻土，到晚还不能即回。

转到家中，大牛伯把伙计的脚检查检查，又想解开药包看看。若不是因为小牛有主张，表示不要看的意思，日来的药金恐等于白费了。

各处无牛可借，自己的牛又实在不能作事，这汉子无办法，到夜里还走到附近庄子里去请帮工，用人力拖犁，说了很长的时候，才把人工约定。工人答应了明早天一亮就下田。一共雇妥了两个人，加上自己，三个人的气力虽仍然不及一只小牛，但总可以趁天气把土翻好了。牛伯高高兴兴的回了家，喝了一小葫芦水酒，规规矩矩用着一个虽吃酒却不闹事的醉人姿态，横睡到床上；根据了田已可以下种一个理由，就糊糊涂涂做了一晚好梦。半夜那伙计睡不着，以为主人必定还是会忽然把一个大头同灯盏从栅栏外伸进来，谁知天亮了后，有人喊主人名字，主人还不曾醒。

三个人，两个人在前一个人在后耕了半天田，小牛却站在田塍上吃草眺望好景致。它那情形正像小孩子因牙痛不上学的情形，望到其他学生背书，费大力气，自己才明白做学生真不容易。不过往日轮到它头上的工作，只要伤处一复原，也仍然免不了要照常接受。

几个人合作耕田时，牛伯在后面推犁，见到伙计站在太阳下的寂寞，顺口逗牛说："伙计，你也来一角吧。"如果不是笑话，它也绝不会推辞这个提议。但是主人因为想起昨天放在医生的手背上那一串放光的制钱，所以不能不尽小牛玩了。

不过一事不作，任意的玩，吃草，喝水，睡卧，毫无拘束在日光下享福，这小牛还是心里很难受。因为两个工人在拉犁时，就一面谈到杀牛卖肉的事情。他们竟完全不为站在面前的小牛设想。他们说跛脚牛如何只适宜于吃肉的理由，又说牛皮制靴做皮箱的话。这些坏人且口口声声说只有小牛肚可以下酒，小牛肉风干以后容易煨烂，小牛皮做的抱兜佩带舒服。这些人口中说的话，是无心还是有意，在小牛听来是分不清楚的。它有点讨厌他们，尤其是其中一个年青一点的人，竟说"它的病莫非是假装"那些坏话，有破坏主人对牛友谊的阴谋，虽然主人不会为这话动摇，可是这人心怀不良是无疑了。

到了晚上，大家回家了，当主人用灯照到它时，这小牛就依然在它那水汪汪的大眼睛上，解释了自己的意思。它像是在诉说："大爹，我明天好了，把那花钱雇来的两个工人打发走了吧。我听不惯他们的讥诮和侮辱。我愿意多花点气力把田地赶出。你放心，我一定不让好天气带来的好运气分给一切人，你却独独无份。

主人是懂这样意思的，因为他不久就对牛说话了，他说：

"朋友，是的，你会很快的就好了的。医生说你至多三天就好。下田还是我们两个作配手好，我们赶快把那点地皮翻好，就下种。因为你的脚不方便，我请他们来帮忙。你瞧，我花了钱还是只耕得一点点。他们哪里有你的气力？他们做工的人，近来脾气全放纵坏了，一点旧道德也不用了，他们做的事情，当不到你做的一半，却向我要钱用，要酒喝。还有理由到别处去说：'我今天为桑溪大牛伯把我当牛耕了一天田，因为吃饭的缘故，我不得不做事。可是现在腰也发疼了，只差比牛少挨一鞭子。'这话是免不了要说的，我实在没有办法，才要他们帮忙！"

它想说："我愿意明天就好，因为我不欢喜那向你要钱要酒饭的汉子。他们的心术都不很好。"主人不等它说先就很懂了。主人离开栅栏时，就肯定而又大声说道："我恨他们，一天花了我许多钱，还说小牛皮做抱兜合适。真是强盗！"

小牛居然很自然的同主人在一块未完事的田中翻土了，是四天以后的事。好天气还像是单为牛伯一个人幸福的缘故而保留到桑溪。他们大约再有两天就可以完事了。牛伯因为体恤到伙计的病脚，不敢怪吝自己气力；小牛也因为顾虑到主人的缘故，特别用力气只向前奔。他们一天耕的田比用工人两倍还多。

于是乎回到了家中，两位又有理由做那快乐幸福的梦了。牛伯为自己的梦也惊讶了，因为他梦到牛栏里有四只牛，有两只是花牛，生长得似乎比伙计更其体面。第二天一早起来，他就走到栏边去看，且大声的告给"伙计"说："朋友，你应当有个伴才是事。我们到十二月再看吧。"

伙计想十二月还有些日子，就点点头，"好，十二月吧。"

到了十二月，荡里所有的牛全被衙门征发到一个不可知的地方去了，大牛伯只有成天到保长家去探讯一件事可做。顺眼无意中望到弃在自己屋角的木榔槌，就后悔为什么不重重的一下把那畜生的脚打断。

我爱这种地方，这种人物。他们生活的单纯，使我永远有点忧郁。

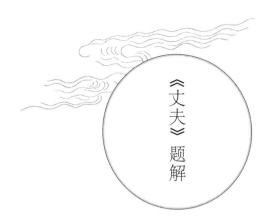

《丈夫》题解

　　题目是《丈夫》，别有意味。为什么是"丈夫"？因为这是一个有点特别的丈夫。这不是娶了老婆居家过日子的丈夫。这是从事"古老职业"的女人——妓女的丈夫。

　　湘西水上的妓女有两种，一种是在吊脚楼上做"生意"的。长期的包占也可以，短时间的"关门"也可以。"婊子爱钞"，对到楼上来烧烟胡闹的川东客人，常常会掏空他们的荷包，但对有情有义的水手，则银钱就在可有可无之间了。《柏子》所写的便是这种妓女。这种妓女的爱是强烈的，美丽的。一种，是在船上做"生意"的，这种船被称为"花船"。

　　船上人，她们把这件事也像其余地方一样，这叫作"生意"。……她们从乡下来，从那些种田挖园人家，离了乡村，离了石磨和小牛，离了那年青而强健的丈夫，跟随到一个熟人，就来到这船上做生意了。

……事情非常简单，一个不亟亟于生养孩子的妇人，到了城里，能够每月把从城里两个晚上所得的钱，送给那在乡下诚实耐劳种田为生的丈夫处去，在那方面就可以过了好日子，名分不失，利益存在，所以许多年青的丈夫，在娶妻以后，把妻送出来，自己留在家里耕田种地安分过日子，也竟是极其平常的事。

然而这毕竟不是平常的事。有的丈夫不要过这样的生活，不要当这样的"丈夫"！他们的心不平静。照现在流行的说法：他们觉得很"失落"。

这篇小说写的就是一个丈夫的"失落"。

《丈夫》赏析

这些丈夫逢年过节有时会从乡下来到城里，见见自己的媳妇，好像走一趟远亲。

有一个丈夫(不知道他叫什么名字)从乡下来看他的媳妇，媳妇名叫老七。

丈夫在船上只住了两天，可是在这两天内，一个乡下男人的感情历程是复杂的。

夫妻的感情是和睦的，也不缺少疼爱。见了面，老七就问起"上次的五块钱得了没有""我们那对小猪生儿子没有"这一类的家常话。丈夫特为选了一坛特大的栗子送来，因为老七爱吃这个。丈夫有口含冰糖睡觉的习惯，老七在接客过程中还悄悄爬进丈夫睡觉的后舱，在他嘴里塞一片冰糖……

但是丈夫对这样的生活很不习惯。

首先是媳妇变了样：大而油光的发髻，用小镊子扯成的细细眉毛，脸上的白粉同绯红的胭脂，以及那城市里人神气派头，城市里人的衣裳，都一定使从乡下来的丈夫感到极大的惊讶，有点手足无措。

晚上，来了客(嫖客)，喝过一肚子烧酒，摇摇荡荡的上了船。一上船就大声的嚷，要亲嘴要睡。于是这丈夫不必指点，也就知道怯生生的往后舱钻去，躲在那后梢舱上去低低的喘气。

来了一个大汉，是"水保"，老七的干爹。这水保对丈夫发生了兴趣。和他东拉西扯地扯了许多闲话。这水保和气得很，但是临行时却叫他告诉老七："告她晚上不要接客，我要来。"

"他记忆得到那嘱咐，是当到一个丈夫面前说的！"该死的话，是当到一个丈夫面前说的！

两个喝得烂醉的兵上了船，大呼小叫撒酒疯，连领班的大娘也没有办法。老七急中生智，拖着醉兵的手，安置在自己的大奶上。醉鬼这才安静了下来。

半夜里，水保领着四个武装警察来查船了(他们是来查"歹人"的)。查完了，一个警察回来传话："你告老七，巡官要回来过细考察她一下。"

丈夫不明白：为什么巡官还要回来考察老七。

丈夫是年青强健的男人，当然会有性的欲望。

老七有意地在把衣服解换时，露出极风情的红绫胸褡。老七也真不好，你干嘛逗丈夫的"火"！

丈夫愿意同老七在床上说点家常私语，商量件事情，就傍床沿坐定不动。

大娘像是明白男人的心事，明白男人的欲望，也明白他不懂事，故只同老七打知会，"巡官就要来的！"

老七咬着嘴唇不作声，半天发痴。

男子一早起就要走路。"干爹"家的酒席也不想去吃，夜戏也不想看，"满天红"的荤油包子也不想吃。

一定要走了，老七很为难，走出船头待了一会，回身从荷包里掏出昨晚上那兵士给的票子，又向大娘要了三张，塞到男子手心里去。

男子摇摇头，把票子撒到地上去，像小孩子那样莫名其妙地哭起来。

这个丈夫为什么要哭？他这两天受了很大的屈辱，他的感情受了极其严重的伤害。他是个男人，是个丈夫，是个人。他有他的尊严，他的爱。有的评论家说：这篇小说写的是人性的回归。可以同意。

这篇小说的结尾非常简单：

水保来船上请远客吃酒，只有大娘同五多在船上。问到时，才明白两夫妇一早都回转乡下去了。

一个非常耐人寻味的结尾。

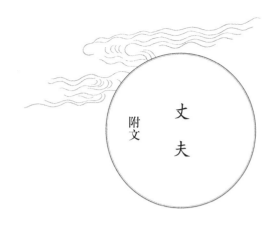

丈夫

　　落了春雨，一共有七天，河水涨大了。

　　河中涨了水，平常时节泊在河滩的烟船、妓船，离岸极近，全系在吊脚楼下的支柱上。

　　在楼上四海春茶馆喝茶的闲汉子，俯身临河一面窗口，可以望到对河宝塔边"烟雨红桃"好景致，也可以知道船上妇人陪客烧烟的情形。因为那么近，上下都方便，有喊熟人的声音，从上面或从下面喊叫。到后是互相见面了，谈话了，取了亲昵样子，骂着野话粗话，于是楼上人会了茶钱，从湿而发臭的甬道走去，从那些肮脏地方走到船上了。

　　上了船，花钱半块到五块，随心所欲吃烟睡觉，同妇人毫无拘束的放肆取乐。这些在船上生活的大臀肥身的年青乡下女人，就用一个妇人的好处，热忱而切实的服侍男子过夜。

　　船上人，把这件事也像其余地方一样，叫这做"生意"。她们

155

都是做生意而来的。在名分上，那名称与别的工作同样，既不和道德相冲突，也并不违反健康。她们从乡下来，从那些种田挖园的人家，离了乡村，离了石磨同小牛，离了那年青而强健的丈夫，跟随了一个同乡熟人，就来到这船上做生意了。做了生意，慢慢的变成为城市里人，慢慢的与乡村离远，慢慢的学会了一些只有城市里才需要的恶德，于是妇人就毁了。但那毁是慢慢的，因为很需要一些日子，所以谁也不去注意。而且也仍然不缺少在任何情形下还依旧好好的保留着那乡村纯朴气质的妇人。所以在本市大河妓船上，决不会缺少年青女子的来路。

事情非常简单，一个不亟亟于生养孩子的妇人，到了城市，能够每月把从城市里两个晚上所得的钱，送给那留在乡下诚实耐劳、种田为生的丈夫，在那方面就过了好日子，名分不失，利益存在。所以许多年青的丈夫，在娶媳妇以后，把她送出来，自己留在家中耕田种地，安分过日子，也竟是极其平常的事情。

这种丈夫，到什么时候，想到那在船上做生意的年青的媳妇，或逢年过节，照规矩要见见媳妇的面了，媳妇不能回来，自己便换了一身浆洗干净的衣服，腰带上挂了那个工作时常不离口的短烟袋，背了整箩整篓的红薯糍粑之类，赶到市上来，像访远亲一样，从码头第一号船上问起，一直到认出自己女人所在的船上为止。问明白后，到了船上，小心小心的把一双布鞋放到舱外护板上，把带来的东西交给了女人，一面便用着吃惊的眼睛，搜索女人的全身。这时节，女人在丈夫眼下自然已完全不同了。

大而油光的发髻，用小镊子扯成的细细眉毛，脸上的白粉同绯红胭脂，以及那城市里人神气派头、城市里人的衣服，都一定使从乡下来的丈夫感到极大的惊讶，有点手足无措。那呆相是女人很容易清楚的。女人到后开了口，或者问："那次五块钱得了么？"或者问："我们那对猪养儿子了没有？"女人说话时口音自然也完全不同了，变成像城市里做太太的大方自由，完全不是在乡下做媳妇的羞涩畏缩神气了。

听女人问起钱，问起家乡豢养的猪，这作丈夫的看出自己做丈夫的身份，并不在这船上失去，看出这城里奶奶还不完全忘记乡下，胆子大了一点，慢慢的摸出烟管同火镰。第二次惊讶，是烟管忽然被女人夺去，即刻在那粗而厚大的手掌里，塞了一枝"哈德门"香烟的缘故。吃惊也仍然是暂时的事，于是这做丈夫的，一面吸烟一面谈话，……

到了晚上，吃过晚饭，仍然在吸那有新鲜趣味的香烟。来了客，一个船主或一个商人，穿生牛皮长统靴子，抱兜一角露出粗而发亮的银链，喝过一肚子烧酒，摇摇荡荡的上了船。一上船就大声的嚷要亲嘴要睡觉。那洪大而含糊的声音，那势派，都使这做丈夫的想起了村长同乡绅那些大人物的威风。于是这丈夫不必指点，也就知道往后舱钻去，躲到那后梢舱上去低低的喘气，一面把含在口上那枝卷烟摘下来，毫无目的的眺望河中暮景。夜把河上改变了，岸上河上已经全是灯火。这丈夫到这时节一定要想起家里的鸡同小猪，仿佛那些小小东西才是自己的朋友，仿佛那些才是亲人；如今和妻接近，与家庭却离得很远，淡淡的寂寞袭上了身，他愿意转去了。

当真转去没有？不。三十里路，路上有豺狗，有野猫，有查夜放哨的团丁，全是不好惹的东西，转去实在做不到。船上的大娘自然还得留他上"三元宫"看夜戏，到"四海春"去喝清茶。并且既然到了市上，大街上的灯同城市中人更不可不去看看。于是留下了，坐在后舱看河中景致，等候大娘的空暇。到后要上岸时，就由船边小阳桥攀援篷架到船头；玩过后，仍然由那旧地方转到船上，小心小心使声音放轻，省得留在舱里躺到床上烧烟的客人发怒。

到要睡觉的时候，城里起了更，西梁山上的更鼓咚咚响了一会，悄悄的从板缝里看看客人还不走，丈夫没有什么话可说，就在梢舱上新棉絮里一个人睡了。半夜里，或者已睡着，或者还在胡思乱想，那媳妇抽空爬过了后舱，问是不是想吃一点糖。本来非常欢喜口含片糖的脾气，做媳妇的记得清楚明白，所以即或说已经睡觉，已经吃过，也仍然还是塞了一小片糖在口里。媳妇用着略略抱怨自己那种神气走去了。丈夫把糖含在口里，正像仅仅为了这一点理由，就得原谅媳妇的行为，尽她在前舱陪客，自己仍然很和平的睡觉了。

这样丈夫在黄庄多着！那里出强健女子同忠厚男人。地方实在太穷了，一点点收成照例要被上面的人拿去一大半，手足贴地的乡下人，任你如何勤省耐劳的干做，一年中四分之一时间，即或用红薯叶和糠灰拌和充饥，总还是不容易对付下去。地方虽在山中，离大河码头只三十里，由于习惯，女子出乡讨生活，男人通明白这做生意的一切利益。他懂事，女人名分仍然归他，养得儿子归他，有了钱，也总有一部分归他。

那些船只排列在河下，一个陌生人，数来数去是永远无法数清的。明白这数目，而且明白那秩序，记忆得出每一个船和摇船人样子，是五区一个老"水保"。

水保是个独眼睛的人。这独眼据说在年青时节因殴斗杀过一个水上恶人，因为杀人，同时也就被人把眼睛抠瞎了。但两只眼睛不能分明的，他一只眼睛却办到了。一个河里都由他管事。他的权力在这些小船上，比一个中国的皇帝、总统在地面上的权力还统一集中。

涨了河水，水保比平时似乎忙多了。由于责任，他得各处去看看，是不是有些船上做父母的上了岸，小孩子在哭奶了。是不是有些船上在吵架，需要排难解纷。是不是有些船因照料无人，有溜去的危险。在今天，这位大爷，并且要到各处去调查一些从岸上发生影响到了水面的事情。岸上这几天来出过三次小抢案，据公安局那方面人说，凡地上小缝小罅都找寻到了，还是毫无线索。地上小缝小罅都亏那些体面的在职从公人员找过，于是水保的责任便到了。他得了通知，就是那些说谎话的公安局办事处通知，要他到半夜会同水面武装警察上船去搜索"歹人"。

水保得到这消息时是上半天。一个整白天他要做许多事情。他要先尽一些从平日受人款待好酒好肉而来的义务了。于是沿了河岸，从第一号船起始，每个船上去谈谈话。他得先调查一下，问问这船上是不是留客得有不端正的外乡人。

做水保的人照例是水上一霸，凡是属于水面上的事情他无有不知。这人本来就是一个吃水上饭的人，是立于法律同官府对面，按照习惯被官吏来利用，处治这水上一切的。但人一上了年纪，世界成天变，变去变来这人有了钱，成过家，喝点酒，生儿育女，生活安舒，慢慢的转成一个和平正直的人了。在职务上帮助官府，在感情上却亲近了船家。在这些情形上面他建设了一个道德的模范。他受人尊敬不下于官，却不让人害怕厌恶。他做了河船上许多妓女的干爹。由于这些社会习惯的联系，他的行为处事是靠在水上人一边的。

他这时节正从一个跳板上跃到一只新油漆过的"花船"头，那船位置在较清静的一家莲子铺吊脚楼下，他认得这只船归谁管业，一上船就喊"七丫头"。

没有声音。年青的女人不见出来，年老的掌班也不见出来。老年人很懂事情，以为或者是大白天有年青男子上船做呆事，就站在船头眺望，等了一会。

过一阵，他又喊了两声，又喊伯妈，喊五多；五多是船上的小毛头，年纪十二岁，人很瘦，声音尖锐，平时大人上了岸就守船，买东西煮饭，常常挨打，爱哭，过了一会儿又唱起小调来。但是喊过五多后，也仍然得不到结果。因为听到舱里又似乎实在有声音，像人出气，不像全上了岸，也不像全在做梦。水保就偻身窥觑舱口，向暗处询问"是谁在里面"。

里面还是不敢作答。

水保有点生气了，大声的问："你是哪一个？"

里面一个很生疏的男子声音，又虚又怯回答说："是我。"接着又说："都上岸去了。"

"都上岸了么？"

"上岸了。她们……"

好像单单是这样答应，还深恐开罪了来人，这时觉得有一点义务要尽了，这男子于是从暗处爬出来，在舱口，小心小心扳着篷架，非

160

常拘束的望着来人。

先是望到那一对峨然巍然似乎是用柿油涂过的猪皮靴子，上去一点是一个赭色柔软麂皮抱兜，再上去是一双回环抱着的毛手，满是青筋黄毛，手上有颗其大无比的黄金戒指，再上去才是一块正四方形像是无数橘子皮拼合而成的脸膛。这男子，明白这是有身分的主顾了，就学着城市里人说话："大爷，您请里面坐坐，她们就回来。"

从那说话的声音，以及干浆衣服的风味上，这水保一望就明白这个人是才从乡下来的种田人。本来女人不在船就想走，但年青人忽然使他发生了兴味，他留着了。

"你从甚么地方来的？"他问他。为了不使人拘束，水保取得是做父亲的和平样子，望到这年青人，"我认不得你。"

他想了一下，好像也并不认得客人，就回答："我是昨天来的。"

"乡下麦子抽穗了没有？"

"麦子吗？水碾子前我们那麦子，嘿，我们那猪，嘿，我们那……"

这个人，像是忽然明白了答非所问，记起了自己是同一个有身份的城里人说话，不应当说"我们"，不应当说"我们水碾子"同"猪"。把字眼儿用错，所以再也接不下去了。

因为不说话，他就怯怯的望到水保微笑，他要人了解他，原谅他——他是一个正派人，并不敢有意张三拿四。

水保懂得这个意思的。且在这对话中，明白这是船上人的亲戚了，他问年青人："老七到什么地方去了？什么时候可以回来？"

这时节，这年青人答语小心了。他仍然说："是昨天来的。"他又告水保，他"昨天晚上来的"；末了才说，老七同掌班同五多上岸烧香去了，要他守船。因为守船必得把守船身分说出，他还告给了水保，他是老七的"汉子"。

因为老七平常喊水保都喊"干爹"，这干爹第一次认识了女婿，不必挽留，再说了几句，不到一会儿，两人皆爬进舱中了。

舱中有个小小床铺，床上有锦绸同红色印花洋布铺盖，折叠得整整齐齐。来客照规矩应当坐在床沿。光线从舱口来，所以在外面以为舱中极黑，到里面却一切分明。

年青人为客找烟卷，找自来火，毛脚毛手打翻了身边那个贮栗子的小坛子，圆而发乌金光泽的板栗便在薄明的船舱里各处滚去，年青人各处用手去捕捉，仍然放到小坛中去，也不知道应当请客人吃点东西。但客人却毫不客气，从舱板上把栗拾起咬破了吃，且说这风干的果子真好。

"这个很好，你不欢喜么？"因为水保见到主人并不剥果子吃。

"我欢喜。这是我屋后栗树上长的。去年生了好多，乖乖的从刺球里爆出来，我欢喜。"他笑了，近于提到自己儿子模样，很高兴说这个话。

"这样大栗子不容易得到。"

"我一个一个选出来的。"

"你选的？"

"是的，因为老七欢喜吃这个，我才留下来。"

"你们那里可有猴栗？"

"什么猴栗？"

水保就把故事所说的："猴子在大山上住，被人辱骂时，抛下拳大栗子打人。人想得到这栗子，就故意去山下骂丑话，预备捡栗子。"——说给乡下人听。

因为栗子，正苦无话可说的年青人，得到同情他的人了。他知道的乡下问题可多咧。于是他说到地名"栗坳"的新闻。又说到一种栗木做成的犁柄如何结实合用。这个人太需要说些家常了。昨天来一晚上都有客人吃酒烧烟，把自己关闭在小船后梢，同五多说话，五多却睡得成死猪。今天一早上，本来应当有机会同媳妇谈到乡下事情了，女人又说要上岸过七里桥烧香，派他一个人守船。坐船上等了半天，还不见人回，到后梢去看河上景致，一切新奇不同，只给自己发闷。先一时，正睡在舱里，就想这满汪大水若到乡下去涨，鱼梁上不知道应当有多少鲤鱼上梁！把鱼捉来时，用柳条穿腮到太阳下去晒，正计算那数目，总算不清楚。忽然客人来到船上，似乎一切鱼都争着跳进水中去了。

来了客人，且在神气上看出来人是并不拒绝这些谈话的，所以这年青人，凡是预备到同自己媳妇在枕边诉说的各样事情，这时得到了一个好机会，都拿来同水保谈着。

他告给水保许多乡下情形，说到小猪捣乱的脾气，叫小猪做"乖乖"。又说到新由石匠整治过的那副石磨，顺便告给了一个石匠的笑话。又提起一把失去了多久的小镰刀，一把水保梦想不到的小镰刀，他说：

"你瞧，奇怪不奇怪？我赌咒我各处都找到了。我们的床下、

163

门枋上、仓角里，什么地方不找到？它简直躲了。躲猫猫一样，不见了。我为这件事骂老七。老七哭过。可还是不见。鬼打岩，蒙蒙眼，原来它躲在屋梁上饭箩里！半年躲在饭箩里！它吃饭！一身锈得像生疮。这东西多坏多狡猾！我说这个你明白我没有？怎么会到饭箩里半年？那是一只做样子的东西，挂到斗窗上。我记起那事了，是我削楔子，手上刮了皮，流了血，生了大气，赌气把刀那么一丢。……到水上磨了半天，还不错，仍然能吃肉，你一不小心，就得流血。我还不曾同老七说起这个，她不会忘记那哭得伤心的一回事。找到了，哈哈，真找到了。"

"找到它就好了。"水保随便那么说着。

"是的，得到了它那是好的。因为我总疑心这东西是老七掉到溪里，不好意思说明。我知道她不骗我了。我明白了。我知道她受了冤屈，因为我说过：'找不出么？那我就要打人！'我并不曾动过手。可是生气时也真吓人。她哭了半夜！"

"你是用它割草么？"

"嗨，哪里，用处多咧。是小镰刀，那么精巧，你怎么说割草？那是削一点薯皮，刮刮箫，这些这些用的。小得很，值三百钱，钢火妙极了。我们都应当有这样一把刀，放到身边，不明白么？"

水保说："明白明白。都应当有一把，我懂你这个话。"

他以为水保当真懂的，因此再说下去，什么也说到了。甚至于希望明年来一个小宝宝，这样只合宜于同自己的媳妇睡到一个枕头上商量的话也说到了。年青人毫无拘束的还加上许多粗话蠢话。说了半天，水保起身要走了，他记起问客人贵姓。

"大爷，您贵姓？留一个片子到这里，我好回话。"

"不用不用。你只告他有这么一个大个儿到过船上，穿这样大靴子，告她晚上不要接客，我要来。"

"不要接客，您要来？"

"就是这样说。我一定要来的。我还要请你喝酒。我们是朋友。"

"是朋友，是朋友。"

水保用他那大而厚的手掌，拍了一下年青人的肩膀，从船头跃上岸，走到别一个船上去了。

水保走去后，年青人就一面等候，一面猜想这个大汉子。他还是第一次和这样尊贵的人物谈话，他不会忘记这很好的印象的。人家今天不仅是和他谈话，还喊他做朋友，答应请他喝酒！他猜想这人一定是老七的熟客。他猜想老七一定得了这人许多钱。他忽然觉得愉快，感到要唱一个歌了，就轻轻的唱了一首山歌，用四溪人体裁，他唱的是"水涨了，鲤鱼上梁，大的有大草鞋那么大，小的有小草鞋那么小"。

但是等了一会，还不见老七回来，一个鬼也不回来，他又想起那大汉子的丰采言谈了。他记起那一双靴子，闪闪发光，以为不是极好的山柿油涂到上面，是不会如此体面好看的。他记起那黄而发沉的戒指，说不分明那将值多少钱，一点不明白那宝贝为甚么如此可爱。他记起那伟人点头同发言，一个督抚的派头，一个省长的身份——这是老七的财神！他于是又唱了一首歌，用杨村人不庄重口吻，唱的是"山坳里团总烧炭，山脚里地保爬灰；爬灰红薯才肥，烧炭脸庞发

165

黑"。

到午时，各处船上都已经有人在烧饭了。湿柴烧不燃，烟子各处
窜，使人流泪打嚏。柴烟平铺到水面时如薄绸。听到谢街馆子里大师
傅用铲子敲打锅边的声音，听到邻船上白菜落锅的声音，老七还不见
回来。可是船上烧湿柴的本领年青人还没有学会，小钢灶总是冷冷的
不发吼。做了半天还是无结果，只有拿它放下了。

应当吃饭时候不得吃饭，人饿了，坐到小凳上敲打舱板，他仍然
得想一点事情。一个不安分的估计在心上滋长了。正似乎为装满了钱
钞便极其骄傲模样的抱兜，在他眼下再现时，把原有和平失去了。一
个用酒糟同红血所捏成的橘皮红色四方脸，也是极其讨厌的神气，保
留在印象上。并且，要记忆有什么用？他记忆得到那嘱咐，是当到一
个丈夫面前说的！"今晚上不要接客，我要来。"该死的话，是那么
不客气的从那吃红薯的大口里说出！为什么要说这个？有什么理由要
说这个？……

胡想使他心上增加了愤怒，饥饿重复揪着了这愤怒的心，便有一
些原始人不缺少的情绪，在这个年青简单的人情绪中滋长不已。

他不能再唱一首歌了。喉咙为妒嫉所扼，唱不出什么歌。他不能
再有什么快乐。按照一个种田人的脾气，他想到明天就要回家。

有了脾气，再来烧火，自然更不行了，于是把所有的柴全丢到河
里去了。

"雷打你这柴！要你到洋里海里去！"

但那柴是在两三丈以外，便被别个船上的人捞起了的。那船上
人似乎一切都准备好了，正等待一点从河面漂流而来的湿柴，把柴捞

上，即刻就见到用废缆一段引火，且即刻满船发烟，火就带着小小爆裂声音燃好了。眼看这一切，新的愤怒使年青人感到羞辱，他想不必等待人回船就走路。

在街尾却遇到女人同小毛头五多两个人，正牵了手说着笑着走来。五多手上拿得有一把胡琴，崭新的样子，这是做梦也不曾遇到的一个好家伙。

"你走哪里去？"

"我——要回去。"

"教你看船船也不看，要回去，甚么人得罪了你，这样小气？"

"我要回去，你让我回去。"

"回到船上去！"

看看媳妇，样子比说话还硬劲。并且看到那一张胡琴，明知道这是特别买来给他的，所以再不能坚持。摸了摸自己发烧的额角，幽幽的说："回去也好，回去也好。"就跟了媳妇的身后跑转船上。

掌班大娘也赶来了。原来提了一副猪肺，好像东西只是乘便偷来的，深恐被人追上带到衙门里去，所以跑得颧骨发了红，喘气不止。大娘一上船，女人在舱中就喊：

"大娘，你瞧，我家汉子想走！"

"谁说的，戏也不看就走！"

"我们到街口碰到他，他生气样子，一定是怪我们不早回来。"

"那是我的错；是菩萨的错；是屠户的错。我不该同屠户为一个钱吵闹半天，屠户不该肺里灌了这样多水。"

"是我的错。"陪男子在舱里的女人，这样说了一句话，坐下了。对面是男子汉。她于是有意的在把衣服解换时，露出极风情的红绫胸褡。胸褡上绣了"鸳鸯戏荷"，是上月自己亲手新作的。

男子觑着不说话。有说不出的什么东西，在血里窜着涌着。

在后梢，听到大娘同五多谈着柴米。

"怎么，我们的柴都被谁偷去了？"

"米是谁淘好的？"

"一定是火烧不燃。……姐夫是乡下人，只会烧松香。"

"我们不是昨天才解散一捆柴么？"

"都完了。"

"去前面搬一捆，不要说了。"

"姐夫只知道淘米！"小五多一面说一面笑。

听到这些话的年青汉子，一句话不说，静静的坐在舱里，望着那一把新买来的胡琴。

女人说："弦早配好了，试拉拉看。"

先是不作声，到后把琴搁在膝上，查看琴筒上的松香。调弦时，生疏的音响从指间流出，拉琴人便快乐的微笑了。

不到一会满舱是烟，男子被女人喊出，依旧把琴拿到外面去，站在船头调弦。

到吃中饭时，五多说：

"姐夫你回头拉《孟姜女哭长城》，我唱。"

"我不会拉！"

"我听说你拉得很好，你骗我，谎我。"

"我不骗你。我只会拉《娘送女》流水板。"

大娘说:"我听老七说你拉得好,所以到庙里,一见这琴,我想起你,才说就为姐夫买回去吧。真是运气,烂贱就买来了。这到乡里一块钱还恐怕买不到,不是么?"

"是的,多少钱?"

"一吊六。他们都说值得!"

五多笑着搭嘴说:"谁那么说值得?"

大娘很生气的说:"毛丫头,谁说不值得?你知道什么?撕你的嘴!"

五多把舌伸伸,表示口不关风说错了话。

原来这琴是从个卖琴熟人手上拿来,一个钱不花。听到大娘的谎话,五多分辩,大娘就骂五多。老七却笑了。男子以为这是笑大娘不懂事,所以也在一旁干笑着。

男子先把饭一骨碌吃完,就动手拉琴,新琴声音又清又亮。五多高兴到得意忘形,放下碗筷唱将起来,被大娘结结实实打了一筷子头,才忙着吃饭,收碗,洗锅子。

到了晚上,前舱盖了蓬,男子拉琴,五多唱歌,老七也唱歌。美孚灯罩子有红纸剪成的遮光帽,全舱灯光红红的如过年办喜事。年青人在热闹中心上开了花。可是不多久,有兵士从河街过身,喝得烂醉,听到这声音了。

两个醉鬼跟跟跄跄到了船边,两手全是污泥,手扳船沿,像含胡桃那么混混胡胡的嚷叫:

"甚么人唱,报上名来!唱得好,赏一个五百。不听到么?老子赏你五百!"

里面琴声戛然而止，沉静了。

醉鬼用脚不住踢船，蓬蓬蓬发出钝而沉闷的声音。且想推蓬，搜索不到蓬盖接榫处。于是又叫嚷："不要赏么，婊子狗造的！装聋，装哑？甚么人敢在这里作乐？我怕谁？皇帝我也不怕。大爷，我怕皇帝我不是人！我们军长师长，都是混账王八蛋，是皮蛋鸡蛋，寡了的臭蛋，我才不怕！"

另一个喉咙发沙的说道：

"骚婊子，出来拖老子上船！"

并且即刻听到用石头打船蓬，大声的辱宗骂祖，一船人都吓慌了。大娘忙把灯扭小一点，走出去推蓬。男子听到那汹汹声气，夹了胡琴就往后舱钻去。不一会，醉人已经进到前舱了，两个人一面说着野话，一面还要争夺同老七亲嘴，同大娘、五多亲嘴。且听到有个哑嗓子问："是什么人在此唱歌作乐？把拉琴的抓来，再为老子唱一个歌。"

大娘不敢作声，老七也无了主意，两个酒疯子就大声的骂人：

"臭货，喊龟子出来，跟老子拉琴，赏一千！英雄盖世的曹孟德也不会这样大方！我赏一千，一千个红薯。快来，不出来我烧掉你们这只船！听着没有，老东西！赶快，莫让老子们生了气，灯笼子认不得人！"

"大爷，这是我们自己家几个人玩玩，不是外人。……"

"不！不！不！老婊子，你不中吃。你老了，皱皮柑！快叫拉琴的来！杂种！我要拉琴，我要自己唱！"一面说一面便站起身来，想向后舱去搜寻。大娘弄慌了，把口张大合不拢去。老七人急智生，拖着那醉鬼的手，安置到自己的大奶上。醉鬼懂到这个意思，又坐下了。"好的，妙的，老子出得起钱。老子今天晚上要到这里睡觉！……孤王酒醉桃花宫，韩素梅生来好貌容……"

这一个在老七左边躺下去后，另一个不说什么，也在右边躺了下去。

年青人听到前舱仿佛安静了一会，在隔壁轻轻的喊大娘。正感到一种侮辱的大娘，悄悄爬过去，男子还不大分明是什么事情，问大娘："甚么事情？"

"营上的副爷，醉了，像猫。等一会儿就得走。"

"要走才行。我忘记告你们了，今天有一个大方脸人来，好像大官，吩咐过我，他晚上要来，不许留客。"

"是脚上穿大皮靴子，说话像打锣么？"

"是的，是的。他手上还有一个大金戒子。"

"那是老七干爹。他今早上来过了么？"

"来过的。他说了半天话才走，吃过些风干栗子。"

"他说些什么？"

"他说一定要来，一定莫留客，……还说一定要请我喝酒。"

大娘想想，来做什么？难道是水保自己要来歇夜？难道是老对老，水保注意到……？想不通，一个老鸨虽说一切丑事做成习惯，什么也不至于红脸，但被人说到"不中吃"时，是多少感到一种羞辱的。她悄悄的回到前舱，看前舱新事情不成样子，扁了扁瘪嘴，骂了一声"猪狗"，终归又转到后舱来了。

"怎么？"

"不怎么。"

"怎么，他们走了？"

"不怎么，他们睡了。"

"睡了——？"

大娘虽看不清楚这时男子的脸色，但她很懂得这语气，就说："姐夫，你难得上城来，我们可以上岸玩玩去，今夜三元宫夜戏，我请你坐高台子，戏是《秋胡三戏结发妻》。"

男子摇头不语。

兵士胡闹了一阵走去后，五多、大娘、老七都在前舱灯光下说笑，说那兵士的醉态。男子留在后舱不出来。大娘到门边喊过了二次，不答应，不明白这脾气从什么地方发生。大娘回头就来检查那四张票子的花纹，因为她已经认得出票子的真假了。票子倒是真的，她在灯光下指点给老七看那些记号，那些花，且放近鼻子上嗅嗅，说这个一定是清真牛肉馆子里找出来的，因为有牛油味道。

五多第二次又走过去，"姐夫，姐夫，他们走了，我们来把那个唱完，我们还得……"

女人老七像是想到了什么心事，拉着了五多，不许她说话。

一切沉默了。男子在后舱先还是正用手指扣琴弦，作小小声音，这时手也离开那弦索了。

船上四个人都听到从河街上飘来的锣鼓、唢呐声音。河街上一个做生意人办喜事，客来贺喜，大唱堂戏，一定有一整夜的热闹。

过了一会，老七一个人轻脚轻手爬到后舱去，但即刻又回来了。显然是要讲和，交涉办不好。

大娘问："怎么了？"

老七摇摇头，叹了一口气，"牛脾气，让他去。"

先以为水保恐怕不会来的，所以大家仍然睡了觉，大娘、老七、五多三个人在前舱，只把男子放到后面。

查船的在半夜时，由水保领来了。水面鸦雀无声，四个全副武装警察守在船头，水保同巡官晃着手电筒进到前舱。这时大娘已把灯捻明了，她经验多，懂得这不是大事情。老七披了衣坐在床上，喊"干爹"，喊"巡官老爷"，要五多倒茶。五多还睡意迷蒙，只想到梦里在乡下摘三月莓！

男子被大娘摇醒揪出来，看到水保，看到一个穿黑制服的大人物，吓得不能说话，不晓得有什么严重事情发生。那巡官于是装成很有威风的神气开了口："这是什么人？"

水保代为答应："老七的汉子，才从乡下来走亲戚。"

老七补说道："巡官，他昨天才来。"

巡官看了一会儿男子，又看了一会儿女人，仿佛看出水保的话不是谎话，就不再说话了。随意在前舱各处翻翻，待注意到那个贮风干果子的小坛子时，水保便抓了大把栗子，塞进巡官那件体面制服的大口袋里去。巡官只是笑，也不说什么。

一伙人一会儿就走到另一船上去了。大娘刚要盖篷，一个警察回来传话：

"大娘，大娘，你告老七，巡官要回来过细考察她一下，你懂不懂？"

大娘说："就来么？"

"查完夜就来。"

"当真吗？"

"我什么时候同你这老娘子说过谎？"

大娘很欢喜的样子，使男子奇怪。因为他不明白为甚么巡官还要回来考察老七。但这时节望到老七睡起的样子，上半晚的气已经没有了，他愿意讲和，愿意同她在床上说点家常私话，商量件事情，就傍床沿坐定不动。

大娘像是明白男子的心事，明白男子的欲望，也明白他不懂事，故只同老七打知会，"巡官就要来的！"

老七咬着嘴唇不作声，半天发痴。

男子一早起身就要走路，沉沉默默的一句话不说，端整了自己的草鞋，找到了自己的烟袋。一切归一了，就坐到那矮床边沿，像是有话说又说不出口。

老七问他："你不是答应过干爹，到他家喝酒吗？"

"……"摇摇头不作答。

"人家特意为你办了酒席！四盘四碗一火锅，大面子事情，难道好意思不领情？"

"…………"

"戏也不看看么？"

"…………"

"'满天红'的荤油包子，到半日才上笼，那是你欢喜的包子！"

"…………"

一定要走了，老七很为难，走出船头待了一会，回身从荷包里掏出昨晚上那兵士给的票子来，点了一下数目，一共四张，捏成一把塞到男子左手心里去。男子无话说。老七似乎懂到那意思了，"大娘，你拿那三张也把我。"大娘将钱取出，老七又将这钱点数一下，塞到男子右手心里去。

男子摇摇头，把票子撒到地下去，两只大而粗的手掌捂着脸孔，像小孩子那样莫名其妙的哭了起来。

五多同大娘看情形不好，一齐逃到后舱去了。五多心想这真是怪事，那么大的人会哭，好笑！可是她并不笑。她站在船后梢看见挂在梢舱顶梁上的胡琴，很愿意唱一个歌，可是不知为什么也总唱不出声音来。

水保来船上请远客吃酒时，只有大娘同五多在船上，问及时，才明白两夫妇一早都回转乡下去了。

我平常最会想象好景致，且会描写好景致，但对于当前的一切，却只能做呆二了。

《贵生》题解

这篇小说写的是命运。

贵生是一个单身汉子,以砍柴割草为生,活得很硬朗自重。他常去城里卖柴卖草,就把钱换点应用东西。他买了猪头,挂在柴灶上熏干。半夜里点了火把,用镰刀砍了十几条大鲤鱼,也揉了盐风得干干的。"两手一肩,快乐神仙。"

桥头有一个浦市人姓杜的开的小杂货铺。杂货铺的地点很好。门外有三棵大青树,夏天特别凉快。冬天在亭子里烧了树根和油枯饼,火光熊熊,引得过路人一边买东西,一边就火边抽烟谈话,杜老板人缘很好。

贵生常到小铺里来坐坐,和铺子里大小都合得来。杜老板有个女儿名叫金凤。贵生对金凤很好。山上多的是野生瓜果,栗子榛子不出奇,三月里给她摘大莓,八九月还有本地特有的、样子像干海参、瓢白如玉如雪的八月瓜,尤其逗那女孩子喜欢。

杜老板有心把金凤许给贵生，招婿上门，影影绰绰，旁敲侧击地和贵生提过。贵生知道杜老板是在装套子捉女婿，但是拿不定主意是不是往套子里钻。贵生有点迷信：女的脸儿红中带白，眉毛长，眼角向上飞，是个"克"相，不克别人得克自己，到十八岁才过关。金凤今年满十六岁，贵生往后退了一步，决定暂时不上套。

但是他又想，一切风总不会老向南吹，不定什么时候杜老板改变主意，也说不定一个贩运黄牛、水银的贵州客人会把金凤拐走，这件事还得热米打粑粑，得快。贵生上街办了一点货，准备接亲。

这一带二里之内的山头都归张家管业。山上种着桐子树。张家非常有钱，两弟兄——四老爷、五老爷都极其荒唐。四爷好嫖，把一个实缺旅长都嫖掉了。五爷好赌，一夜能输几百上千大洋。四爷劝五爷，不能这样老输，劝他弄一个"原汤货"冲一冲晦气。

桐子熟了，四爷、五爷带着长工伙计上山打桐子。

回来的时候路过杜家铺子，进去坐坐，四爷一眼看见金凤，对五爷说："眉毛长，眼睛光，一只画眉鸟，打雀儿！"

五爷要娶金凤做小。

贵生听到别人议论，好像挨了一闷棍。

他问杜老板："听说你家有喜事，是真的吧？"

他去找金凤，金凤正在桥下洗衣。他见金凤已经除了孝(她原来戴着娘的孝)，乌光的大辫子上插了一朵小红花。一切都完了。

半夜里，忽然围子里的狗都狂叫起来，天边一片红，着火了。有人急忙到围子里来报信：桥头杂货铺烧了；贵生的房子也走了水。一把火两处烧，十分蹊跷。

鸭毛伯伯心里有点明白：火是贵生放的。

贵生一肚子怨气，他只有用这个办法来泄愤。

鸭毛回头见金凤哭着，心里说："丫头，做小老婆不开心？回去一索子吊死了吧，哭什么！"

鸭毛对金凤的责备有欠公平。金凤曾经对贵生说过："什么四老爷、五老爷，有钱就是大王，糟蹋人，不当数……"她今天就被糟蹋了！这事大概是老子做的主，但从辫子上的那朵小红花，可以想见她是点了头的。你叫她有什么办法呢？一只眉毛长、眼睛光的画眉鸟，在这二里内，是逃不出老爷的手心的！

《贵生》赏析

这是一个悲剧，但沈先生有意写得很轻松。

贵生是一个知足的人，活得无忧无虑。他认为什么都很有意思。土坎上的芭茅草开着白花，在风里摇，仿佛向人招手，说："来，割我，乘天气好磨快你的刀，快来割我，挑进城里去，八百钱担，换半斤盐好，换一斤肉也好，随你的意！"

贵生打算结亲了，他做了一点简单而又平常的梦：把金凤接过来，他帮她割草喂猪，她帮他在桥头打豆腐。就是这点简单平常的梦，也被五老爷打破了。

这篇小说的特点是人物比较多，对话也比较多。长工、仆人一边喝酒，一边闲聊。他们所说的话题除了一些关于新娘子出嫁的一些粗俗笑话之外，主要是对"命"的看法。四爷的狂嫖、五爷的滥赌，他们都认为是命里带来的。鸭毛伯伯对"命"有一番精辟议论："花脚狗不是白面猫，各有各的脾气。银子到手哗喇哗喇花，你说莫花，这哪成！这些人一事不作偏有钱，钱财像是命里带来的。命里注定它要来，门板挡不住；命里注定它要去，索子链子缚不住。……你我是穷人，和黄花姑娘无缘，和银子无缘，就只和酒有点缘份。我们喝了这碗酒，再喝一碗罢。"

这些长工仆人不明白他们的命为什么不好，这是谁造成的，能不能把自己的命改变改变，怎样改变？

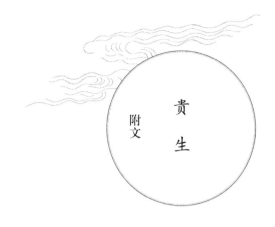

贵生

贵生在溪沟边磨他那把镰刀，锋口磨得亮堂堂的。手试一试刀锋后，又向水里随意砍了几下。秋天来溪水清个透亮，活活的流，许多小虾子脚攀着一根草，在浅水里游荡，有时又躬着个身子一弹，远远的弹去，好像很快乐。贵生看到这个也很快乐。天气极好，正是城市里风雅人所说"秋高气爽"的季节；贵生的镰刀如用得其法，也就可以过一个有鱼有肉的好冬天。秋天来，遍山土坎上芭茅草开着白花，在微风里轻轻的摇，都仿佛向人招手似的说："来，割我，有力气的大哥，趁天气好磨快了你的刀，快来割我，挑进城里去，八百钱一担，换半斤盐好，换一斤肉也好，随你的意！"贵生知道这些好处。并且知道十担草就能够换个猪头，揉四两盐腌起来，十天半月后，那对猪耳朵，也够下酒两三次！一个月前打谷子时，各家田里放水，人人用鸡笼在田里罩肥鲤鱼，贵生却磨快了他的镰刀，点上火把，半夜里一个人在溪沟里砍了十来条大鲤鱼，全用盐揉了，挂在灶头用柴烟

181

熏得干干的。现在磨刀，就准备割草，挑上城去换年货，正像俗话说的：两手一肩，快乐神仙。村子里住的人，因几年来城里东西样样贵，生活已大不如从前。可是一个单身汉子，年富力强，遇事肯动手，平时又不胡来乱为，过日子总还容易。

贵生住的地方离大城二十里，离张五老爷围子两三里。五老爷是当地财主员外，近边山坡田地大部分归五老爷管业，所以做田种地的人都和五老爷有点关系。五老爷要贵生做长工，贵生以为做长工不是住围子就得守山，行动受管束，不愿意。自己用镰刀砍竹子，剥树皮，搬石头，在一个小土坡下，去溪水不远处，借五老爷土地砌了一幢小房子，帮五老爷看守两个种桐子的山坡，作为借地住家的交换，住下来砍柴割草为生。春秋二季农事当忙时，有人要短工帮忙，他邻近五里无处不去都忙(食量抵两个人，气力也抵两个人)。逢年过节村子里头行人捐钱扎龙灯上城去比赛，他必在龙头前斗宝，把个红布绣球舞得一团火似的，受人喝彩。春秋二季答谢土地，村中人合伙唱戏，他扮王大娘补缸匠，卖柴耙的程咬金。他欢喜喝一杯酒，可不同人酗酒打架。他会下盘棋，可不像许多人那样变成棋迷。间或也说句笑话，可从不用口角伤人。为人稍微有点子憨劲，可不至于出傻相。虽是个穷人，可穷得极硬朗自重。有时到围子里去，五老爷送他一件衣服，一条裤子，或半斤盐，白受人财物他心中不安，必在另外一时带点东西去补偿。他常常进城去卖柴卖草，就把钱换点应用东西。城里住有个五十岁的老舅舅，给大户人家作厨子，不常往来，两人倒很要好。进城看望舅舅时，他照例带点礼物，不是一袋胡桃，一袋果子，就是一只山上装套捕住的黄鼠狼，或是一只野鸡。到城里有时住在舅舅处，那舅舅晚上无事，必带他上河沿天后宫去看夜戏，消夜时还请他吃一碗牛肉面。

在乡下，远近几里村子上的人，都和他相熟，都欢喜他。他却乐意到离住处不远桥头一个小生意人铺子里去。那开杂货铺的老板是沅水中游浦市人，本来飘乡作生意，每月一次挑货物各个村子里去和乡下人做买卖，吃的用的全卖。到后来看中了那个桥头，知道官路上往来人多，与其从城里打了货四乡跑，还不如在桥头安个家，一面作各乡生意，一面搭个亭子给过路人歇脚，就近作过路人买卖。因此就在桥头安了家。住处一定，把老婆和一个十三岁的小女孩也接来了。浦市人本来为人和气，加之几年来与附近各村子各大围子都有往来，如今来在桥头开铺子，生意发达是很自然的。那老婆照浦市人中年妇女打扮，头上长年裹一块长长的黑色绉绸首帕，把眉毛拔得细细的。一张口甜甜的，见男的必称大哥，女的称嫂子，待人特别殷勤。因此不到半年，桥头铺子不特成为乡下人买东西地方，并且也成为乡下人谈天歇憩地方了。夏天桥头有三株大青树，特别凉爽，无事躺到树下睡睡，风吹得一身舒泰。冬天铺子里土地上烧的是大树根和油枯饼，火光熊熊——真可谓无往不利。

贵生和铺子里人大小都合得来，手脚又勤快，几年来，那杂货铺老板娘待他很好，他对那个女儿也很好。山上多的是野生瓜果，栗子、榛子不出奇，三月里他给她摘大莓，六月里送她地枇杷，八九月里还有出名当地、样子像干海参、瓤自如玉如雪的八月瓜，尤其逗那女孩子欢喜。女孩子名叫金凤。那老板娘一年前因为回浦市去吃喜酒，害蛇钻心病死掉了，随后杂货铺补充了个毛伙，全身无毛病，只因为性情活跳，取名叫做"癞子"。

贵生不知为什么总不大欢喜那癞子，两人谈话常常顶板，癞子却老是对他嘻嘻笑。贵生说："癞子，你若在城里，你是流氓；你若在书上，你是奸臣。"癞子还对他笑。贵生不欢喜癞子，那原因谁也不明白，杂货铺老板倒知道，因为贵生怕癞子招郎上门，从帮手改成驸马。

贵生其时正在溪水边想癞子会不会作"卖油郎"，围子里有人搭口信来，说五爷要贵生去看看南山坡的桐子熟了没有，看过后去围子里回话。

贵生听了信，即刻去山上看桐子。

贵生上了山，山上泥土松松的。树根蓬草间，到处有秋虫鸣叫。一下脚，大而黑的油蚰蚰，小头尖尾的金铃子各处乱蹦。几个山头看了一下，只见每株树枝都被饱满坚实的桐木油果压得弯弯的；好些已落了地，山脚草里到处都是。因为一个土塍上有一片长藤，上面结了许多颜色乌黑的东西，一群山喜鹊喳喳的叫着，知道八月瓜已成熟了，赶忙跑过去。山喜鹊见人来就飞散了。贵生把藤上八月瓜全摘下来，装了半斗笠，带回去打量捎给桥头金凤吃。

贵生看过桐子回到家里，晚半天天气还早，就往围子去禀告五爷。

到围子时，见院子里搁了一顶轿子，几个脚夫正闭着眼蹲在石碌砖上吸旱烟管。贵生一看知道城里来了人，转身往仓房去找鸭毛伯伯。鸭毛伯伯是五老爷围子里老长工，每天坐在仓房边打草鞋。仓房不见人，又转往厨房去，才见着鸭毛伯伯正在小桌边同几个城里来的年青伙子座席，用大提子从黑色瓷缸里舀取烧酒，煎干鱼下酒。见贵生来就邀他坐下，参加他们的吃喝。原来新到围子的是四爷，刚从河南任上回城，赶来看五爷，过几天又得往河南去。几个人正谈到五爷和四爷在任上的种种有趣故事。

一个从城里来的小秃头，老军务神气，一面笑一面说：

"人说我们四老爷实缺骑兵旅长是他自己玩掉的。一个人爱玩，衣禄上有一笔账目，不玩见阎王销不了账，死后下一生还是玩。上年军队扎在汝南，一个月他玩了八个，把那地方尖子货全用过了，还说：'这是什么鬼地方，女人都是尿脬做成的，要不得。一身白得像灰面，松塌塌的，一点儿无意思，还装模作态，这样那样。'你猜猜他花多少钱？四十块一夜，除王八外快不算数。你说，年青人出外胡闹不得，我问你，你我哥子们想胡闹，成不成？一个月七块六，伙食三块三除外还剩多少？不剃头，不缝衣，留下钱来一年还不够玩一次，我的伯伯，你就让我胡闹，我从哪里闹起！"

另一高个儿将爷说：

"五爷人倒好，这门路不像四爷乱花钱。玩也玩得有分寸，一百八十随手撒，总还定个数目。"

鸭毛伯伯说：

"牛肉炒韭菜，各人心里爱。我们五爷花姑娘弄不了他的钱，花骨头可迷住了他。往年同老太太在城里住，一夜输二万八，头家跟五爷上门来取话。老太太爱面子，怕五爷丢丑，以后见不得人，临时要我们从窖里挖银子，元宝一对一对刨出来，点数给头家。还清了债，笑着向五爷说：'上当学乖，下不为例。手气不好，莫下注给人当活元宝啃，说张家出报应！'"

"别人说老太太是怄气病死的。"

"可不是！花三万块钱挣了一个大面子，再有涵养也不能不心疼！明明白白五爷上了人的当，哑子吃黄连，怎不生气？一包气闷在心中，病了四十天，完了，死了。"

"可是五爷为人有孝心，老太太死时，他办丧事做了七七四十九天道场，花了一万六千块钱，谁不知道这件事！都说老太太心好命好，活时享受不尽，死后还带了万千元宝锞子，四十个丫头老妈子照管箱笼，服侍她老人家一路往西天，热闹得比段老太太出丧还人多，执事挽联一里路长。有个孝子尽孝，死而无憾。"

"五爷怕人笑话，所以做面子给人看。因为老太太生前爱面子，五爷又是过房的；一过来就接收偌大一笔产业。老太太如今归天了，五爷花钱再多也应该。花了钱，不特老太太有面子，五爷也有面子。人都以为五爷傻，他才真不傻！若不是花骨头迷心，他有什么可愁的！"

"不多久，在城里听说又输了五千。后来想冲一冲晦气，要在潇湘馆给那南花湘妃挂衣，六百块钱包办一切，还是四爷帮他同那老婊子办好交涉的。不知为什么，五爷自己临时又变卦，去美孚洋行打那三抬一的字牌，一夜又输八百。六百给那'花王'开苞他不干，倒花八百去熬一夜，坐一夜三顶拐轿子，完事时让人开玩笑说：'谢谢五爷送礼。'真气坏了四爷。"

"花脚狗不是白面猫，这些人都各有各的脾气。银子到手哗喇哗喇花，你说莫花，这哪成！这些人一事不作偏偏就有钱，钱财像命里带来的。命里注定它要来，门板挡不住；命里注定它要去，索子链子缚不住。王皮匠捡了锭银子，睡时搂在怀里睡，醒来银子变泥巴。你说怪不怪？你我是穷人，和什么都无缘，就只和酒有点缘分。我们喝完了这碗酒，再喝一碗吧。贵生，同我们喝一碗，都是哥子弟兄，不要拘拘泥泥。"

贵生不想喝酒，捧了一大包板栗子，到灶边去，把栗子放在热灰里煨栗子吃。且告给鸭毛伯伯，五爷要他上山看桐子，今年桐子特别好，过三天就是白露，要打桐子也是时候了。哪一天打，定下日子，他好去帮忙。看五爷还有不有话吩咐，无话吩咐，他回家了。

鸭毛伯伯去见五爷禀白："溪口的贵生已经看过了桐子，山向阳，今年霜降又早，桐子全熟了，要捡桐子差不多了"，贵生看五爷还有什么话吩咐。

五爷正同城里来的四爷谈卜术相术，说到城里中街一个杨半痴，如何用哲学眼光推人流年吉凶和命根贵贱，信口开河，连福音堂洋人也佩服得了不得。五爷说得眉飞色舞，听说贵生来了，就要鸭毛叫贵生进来有话说。

贵生进院子里时，担心把五爷地板弄脏，赶忙脱了草鞋，赤着脚去见五爷。

五爷说："贵生，你看过了我们南山桐子吗？今年桐子好得很，城里油行涨了价，挂牌二十二两三钱，上海汉口洋行都大进。报上说欧洲整顿海军，预备世界大战，买桐油油大战舰，要的油多。洋毛子欢喜充面子，不管国家穷富，军备总不愿落人后。仗让他们打，我们中国可以大发洋财！"

贵生一点不懂五爷说话的意思，只是带着一点敬畏之忧站在堂屋角上。

鸭毛伯伯说："五爷，我们什么时候打桐子？"

五爷笑着，"要发洋财得赶快，外国人既然等着我们中国桐油油船打仗，还不赶快一点？明天打后天打都好。我要自己去看看，就便和四爷打两只小毛兔玩。贵生，今年山上兔子多不多？趁天气好，明天去吧。"

贵生说："五爷，您老说明天就明天，我家里烧了茶水，等五爷、四爷累了歇个脚。没有事我就走了。"

五爷说："你回去吧。鸭毛，送他一斤盐、两斤片糖，让他回家。"

贵生谢了谢五爷，正转身想走出去，四爷忽插口说："贵生，你成了亲没有？"一句话把贵生问得不知如何回答，望着这退职军官私欲过度的瘦脸，把头摇着，只是好笑。他心中想起几句流行的话语："婆娘婆娘，磨人大王，磨到三年，嘴尖尾巴长。"

鸭毛接口说："我们劝他看一门亲事，他怕被人迷住了，不敢办这件事。"

四爷说："贵生，你怕什么？女人有什么可怕？你那样子也不是怕老婆的。我和你说，看中了什么人，尽管把她弄进屋里来。家里有个婆娘，对你有好处，你不明白？尽管试试看，不用怕。"

贵生因为记起刚才在厨房里几个人的谈话，所以轻轻的说："一个人有一个人的衣禄，勉强不来。"随即同鸭毛走了。

四爷向五爷笑着说："五爷，贵生相貌不错，你说是不是？"

五爷说："一个大憨子，讨老婆进屋，我恐怕他还不会和老婆做戏！"

贵生拿了糖和盐回家，绕了点路过桥头杂货铺去看看。到桥头才知道当家的已进城办货去了，只剩下金凤坐在酒坛边纳鞋底，见了贵生，很有情致的含着笑看了他一眼，表示欢迎。贵生有点不大自然，站在柜前摸出烟管打火镰吸烟，借此表示从容，"当家的快回来了？"

金凤说："贵生，你也上城了吧，手里拿的是什么？"

"一斤盐，两斤糖，五老爷送我的。我到围子里去告他们打桐子。"

"你五老爷待人可好？"

"城里四老爷也来了，还说明天要来山上打兔子。"贵生想起四爷先前说的一番话，咕咕的笑将起来。

金凤不知什么好笑，问贵生："四爷是个什么样人物？"

"一个大军官，听说做过军长、司令官。一生就是欢喜玩，把官也玩掉了。"

"有钱的总是这样过日子，做官的和开铺子的都一样。我们浦市源昌老板，十个大木排从洪江放到桃源县，一个夜里这些木排就完了。"

贵生知道这是个老故事，所以说："都是女人。"

金凤脸绯红，向贵生睖着，表示抗议："怎么，都是女人！你见过多少女人！女人也有好有坏，和你们男子一样，不可一概而论！"

"我不是说你！"

"你们男子才真坏！什么四老爷、五老爷，有钱就是大王，糟蹋人，不当数。……"

其时，正有三个过路人，过了桥头到铺子前草棚下，把担子从肩上卸下来，取火吸烟，看有什么东西可吃。买了一碗酒，三人共同用包谷花下酒。贵生预备把话和金凤接下去，不知如何说好。三个人不即走路，他就到桥下去洗手洗脚。过一阵走上来时，见三人正预备动身，其中一个顶年青的，打扮得像个玩家，很多情似的，向金凤瞟着个眼睛，只是笑。掏钱时故意露出衣下扣花抱肚上那条大银链子，并且自言自语说："银子千千万，难买一颗心。易求无价宝，难得有情郎。"话是有意说给金凤听的。三人走后，金凤低下头坐在酒坛上出神，一句话不说。贵生想把先前未完的话接续说下去，无从开口。

到后看天气很好，方说："金凤，你要栗子，这几天山上油板栗全爆了口。我前天装了个套机，早上去看，一只松鼠正拱起个身子，在那木板上嚼栗子吃，见我来了不慌不忙的一溜跑去，真好笑。你明天去捡栗子吧，地下多得是！"

金凤不搭理他，依然为刚才过路客人几句轻薄话生气。贵生不大明白，于是又说："你记不记得，有一年在我沙地上偷栗子，不是跑得快，我会打断你的手！"

金凤说："我记得我不跑。我不怕你！"

贵生说："你不怕我，我也不怕你！"

金凤笑着："现在你怕我。……"

贵生好像懂得金凤话中的意思，向金凤眯眯笑，心里回答说："我一定不怕。"

毛伙割了一大担草回来了，一见贵生就叫唤："贵生，你不说上山割草吗？"

贵生不理会，却告给金凤，在山上找得一大堆八月瓜，她想要，明天自己到家去拿；因为明天打桐子，他得上山去帮忙，五爷、四爷又说要来赶兔子，恐怕没空闲。

贵生走后，毛伙说："金凤，这憨子，人大空心小，实在。"

金凤说："你莫乱说，他生气时会打扁你。"

毛伙说："这种人不会生气。我不是锡酒壶，打不扁。"

第二天，天一亮，贵生带了他的镰刀上山去。山脚雾气平铺，犹如展开一片白毯子，越拉越宽，也越拉越薄。远远的看到张家大围子嘉树成荫，几株老白果树向空挺立，更显得围子里正是家道兴旺。一切都像浮在云雾上头，缥缈而不固定。他想围子里的五爷、四爷，说不定还在睡觉做梦，梦里也是五魁八马、白板红中！

可是一会儿田塍上就有马项铃晃啷晃啷响，且闻人语嘈杂，原来五爷、四爷居然赶早都来了，贵生慌忙跑下坡去牵马。来的一共是十二个男女长工、四个跟随，还有几个围子里捡荒的小孩子。大家一到地，即刻就动起手来，从山顶上打起，有的爬树，有的在树下用竹竿巴巴的打，草里泥里到处滚着那种紫红果子。

四爷五爷看了一会儿，也各捞着一根竹竿子打了几下，一会会就厌烦了，要贵生引他们到家里去。家中灶头锅里的水已沸腾，鸭毛给四爷、五爷冲茶喝。四爷见屋角斗笠里那一堆八月瓜，拿起来只是笑。

"五爷，你瞧这像个什么东西？"

"四爷，你真是孤陋寡闻，八月瓜也不认识。"

"我怎么不认识？我说它简直像……"

贵生因为预备送八月瓜给金凤，耳听到四爷口中说了那么一句粗话，心里不自在，顺口说道：

"四爷、五爷欢喜，带回去吃吧。"

五爷取了一枚，放在热灰里煨了一会儿，捡出来剥去那层黑色硬壳，挖心吃了。四爷说那东西腻口甜不吃，却对于贵生家里一支钓鱼竿称赞不已。

四爷因此从钓鱼谈起，溪里、河里、江里、海里，以及北方芦田里钓鱼的方法如何不同，无不谈到。忽然一个年青女人在篱笆边叫唤贵生，声音又清又脆。贵生赶忙跑出去，一会儿又进来，抱了那堆八月瓜走了。

四爷眼睛尖，从门边一眼瞥见了那女的白手帕，大而乌光的发辫，问鸭毛"女人是谁"。鸭毛说："是桥头上卖杂货铺市人的女儿。内老板去年热天回娘家吃喜酒，在席面上害蛇钻心病死掉了，就只剩下这个小毛头，今年满十六岁，名叫金凤。其实真名字倒应当是'观音'！卖杂货的早已看中了贵生，又憨又强一个好帮手，将来会承继他的家业。贵生倒还拿不定主意，等风向转。真是白等。"

四爷说："老五，你真是宣统皇帝，住在紫禁城里傻吃傻喝，围子外民间疾苦什么都不知道。山清水秀的地方一定地贵人贤，为什么不……"

鸭毛搭口说："算命的说女人八字重，父母，压丈夫，所以人都不敢动她。贵生一定也怕。……"正说到这里，贵生回来了，脸庞红红的，想说一句话，可不知说什么好，只是搓手。

五爷说："贵生，你怕什么么？"

贵生先不明白这句话意思所指，茫然答应说："我怕精怪。"

一句话引得大家笑将起来，贵生也不由的笑了。

几人带了两只瘦黄狗，去荒山上赶兔子，半天毫无所得。晌午时又回转贵生家过午。五爷问长工今年桐子收多少，知道比往年好，就告给鸭毛，分三担桐子给贵生酬劳，和四爷骑了马回围子去了。回去本不必从溪口过身，四爷却出主张，要五爷同他绕点路，到桥头去看看。在桥头杂货铺买了些吃食东西，和那生意人闲谈了好一阵。也好好的看了金凤几眼，才转回围子。

回到围子里，四爷又嘲笑五爷，以为"在围子里作皇帝，真正是不知民间疾苦"。话有所指，五爷明白意思。

五爷说："四爷你真是，说不得一个人还从狗嘴里抢肉吃！"

四爷在五爷肩头打了一掌说："老五，别说了。我若是你，我就不像你，把一块肥羊肉给狗吃。你不看见：眉毛长，眼睛光，一只画眉鸟，打雀儿！"

五爷只是笑，再不说话。一个人有一个人的分定：五爷欢喜玩牌，自己老以为输牌不输理，每次失败只是牌运差，并非工夫不高。五爷笑四爷见不得女人，城市里大鱼大肉吃厌了，注意野味。

这方面发生的事情贵生自然全不知道。

贵生只知道今年多得了三担桐子，捡荒还可得两三担。家里有几担桐子沤在床底下，一个冬天夜里够消磨了。

日月交替，屋前屋后狗尾巴草都白了头在风里摇。大路旁刺梨一球球黄得像金子，早退尽了涩味，由酸转甜。贵生上城卖了十多回草，且卖了几篮刺梨给官药铺。算算日子，已是小阳春的十月了。天气转暖了一点，溪边野桃树有开花的。杂货铺一到晚上，毛伙就地烧一个树根，火光熊熊，用意像在向邻近住户招手，欢迎到桥头来，大家向火谈天。在这时节畜生草料都上了垛，谷粮收了仓，红薯也落了窖，正好是大家休息休息的时候，所以日里晚上都有人在那里。天气好时晚上尤其热闹，因为间或还有告假回家的兵士，和猴子坪大桐岔贩朱砂的客人，到杂货铺来述说省里新闻，天上地下摆龙门阵，说来无不令众人神往意移。

贵生到那里，照例坐在火旁不大说话，一面听他们说话，一面间或瞟金凤一眼。眼光和金凤眼光相接时，血行就似乎快了许多。他也帮杜老板作点小事，也帮金凤作点小事。落了雨，铺子里他是唯一客人时，就默默的坐在火旁吸旱烟，听杜老板在美孚灯下打算盘滚账，点数余存的货物。贵生心中的算盘珠也扒来扒去，且数点自己的家私。他知道城里的油价好，二十五斤油可换六斤棉花，两斤板盐。他今年有好几担桐子，真是一注小财富！年底鱼呀肉呀全有了，就只差个人。有时候那老板把账结清后，无事可做，便从酒坛间找出一本红纸面的文明历书，来念那些附在历书下的"酬世大全""命相神数"。一排到金凤的八字，必说金凤八字怪，斤两重，不是"夫人"就是"犯人"，克了娘不算过关，后来事情多。金凤听来只是抿着嘴笑，完全不相信这些斯文胡说。

或者正说起这类事，那杂货铺老板会突然向客人发问："贵生，你想不想成家？你要讨老婆，我帮你忙。"

贵生瞅着面前向上的火焰说："老板，你说真话假话？谁肯嫁我！"

"你要就有人。"

"我不相信。"

"谁相信天狗咬月亮？你尽管不信，到时天狗还是把月亮咬了，不由人不信。我和你说，山上竹雀要母雀，还自己唱歌去找。你得留点心，学'归桂红，归桂红！''婆婆酒醉，婆婆酒醉归！'"

话把贵生引到路上来了，贵生心痒痒的，不知如何接口说下去，于是也学杜鹃叫了几声。

毛伙间或多插一句嘴，金凤必接口说："贵生，你莫听癞子的话，他乱说。他说会装套捉狸子，捉水獭，在屋后边装好套，反把我那只小花猫捉住了。"金凤说的虽是毛伙，事实却在用毛伙的话，岔开那杜掌柜提出的问题。

半夜后，贵生晃着个火把走回家去，一面走一面想：卖杂货的也在那里装套，捉女婿。不由得不咕咕笑将起来。一个存心装套，一个甘心上套，事情看来也就简单。困难不在人事在人心。贵生和一切乡下人差不多，心上多少也有那么一点儿迷信。女的脸儿红中带白，眉毛长，眼角向上飞，是个"克"相；不克别人得克自己，到十八岁才过关！金凤今年满十六岁。因这点迷信，他稍稍退后了一步，杂货商人装的套不灵，不成功了。可是一切风总不会老向南吹，终有个转向时。

有天落雨，贵生留在家里搓了几条草绳子，扒开床下沤的桐子看看，已发热变黑，就倒了半箩桐子剥，一面剥桐子，一面却想他的心事。不知哪一阵风吹换了方向，他忽然想起事情有点儿险。金凤长大了，心窍子开了，毛伙随时都可以变成金凤家的驸马。此外在官路上来往卖猪攀乡亲的浦市客人，上贵州省贩运黄牛收水银的辰州客人，都能言会说，又舍得花钱，在桥头过身，机会好，有个见花不采？闪不知把女人拐走了，那才真是一个"莫奈何"！人总是人，要有个靠背，事情办好，大的小的就都有了靠背了。他想的自然简单一点，粗俗一点，但结论却得到了，就是"热米打粑粑，一切得趁早"，再耽误不得。风向真是吹对了。

他预备第二天上城去同那舅舅商量商量。

贵生进城去找他的舅舅。恰好那大户人家正办席面请客，另外请得有大厨师掌锅，舅舅当了二把手，在砧板上切腰花。他见舅舅事忙，就留在厨房帮同理葱剥豆子。到了晚上，把席面撤下时，已经将近二更，吃了饭就睡了。第二天那家主人又要办什么公公婆婆粥，桂圆莲子、鱼呀肉呀煮了一大锅，又忙了一整天，还是不便谈他的事情。第三天舅舅可累病了。贵生到测字摊去测个字，为舅舅拈的是一个"爽"字，自己拈了一个"回"字。测字的杨半仙说："人逢喜事精神爽，若问病，有喜事病就会好。又说回字喜字一半，吉字一半，可是言字也是一半。口舌多，要办的事赶早办好，迟了恐不成。"他觉得这个杨半仙话蛮有道理。

回到舅舅病床边时，就说他想成亲了，溪口那个卖杂货的女儿身家正派，为人贤惠，可以做他的媳妇。她帮他喂猪割草好，他帮她推磨打豆腐也好。只要好意思开口，可拿定七八成。掌柜的答应了，有一点钱就可以趁年底圆亲。多一个人吃饭，也多一个人补衣捏脚，有坏处，有好处，特意来和舅舅商量商量。

那舅舅听说有这种好事，岂有不快乐道理。他连年积下了二十块钱，正拿不定主意，不知道把它预先买副棺木好，还是买几只小猪托人喂好。一听外甥有意接媳妇，且将和卖杂货的女儿成对，当然一下就决定了主意，把钱"投资"到这件事上来了。

"你接亲要钱用，不必邀会，我帮你一点钱。"厨子起身把存款全部从床脚下砖土里掏出来后，就放在贵生手里，"你要用，你拿去用。将来养了儿子，有一个算我的小孙子，逢年过节烧三百钱纸，就成了。"

贵生吃吃的说："舅舅，我不要那么些钱，开铺子的不会收我财礼的！"

"怎么不要？他不要，你总得要。说不得一个穷光棍打虎吃风，没有吃时把裤带紧紧。你一个人草里泥里都过得去，两个人可不成！人都有个面子，讨老婆就得有本事养老婆，养孩子。不能靠桥头杜老板，让人说你吃裙带饭。钱拿去用，舅舅的就是你的！"

两人商量好了，贵生上街去办货物。买了两丈官青布、两丈白布、三斤粉条、一个猪头，又买了些香烛纸张，一共花了将近五块钱。东西办齐后，贵生高高兴兴带了东西回溪口。

出城时碰到两个围子里的长工，挑了箩筐进城，贵生问他们赶忙进城有什么要紧事。

一个长工说："五爷不知为什么心血来潮，派我们到城里'义胜和'去办货！好像接媳妇似的，开了好长一张单子，一来就是一大堆！"

贵生说："五爷也真是五爷，人好手松，做什么事都不想想。"

"真是的，好些事都不想想就做。"

"做好事就升天成佛，做坏事可教别人遭殃。"

长工见贵生办货不少，带笑说："贵生，你样子好像要还愿，莫非快要请我们吃喜酒了？"

另一个长工也说："贵生，你一定到城里发了洋财，买那么大一个猪头，会有十二斤吧？"

贵生知道两人是打趣他，半认真半说笑的回答道："不多不少，一个猪头三斤半，正预备焖好请哥们喝一杯！"

分手时一个长工又说："贵生，我看你脸上气色好，一定有喜事不说，瞒我们。这不成的！哥子兄弟在一起，不能瞒！"几句话把贵生说得心里轻轻松松的，只是笑嚷着："哪里，哪里，我才不会瞒人！"

贵生到晚上下了决心，去溪口桥头找杂货铺老板谈话。到那里才知道杜老板不在家，有事出门去了。问金凤父亲什么地方去了，什么时候回来，金凤却神气淡淡的说不知道。转问那毛伙，毛伙说老板到围子里去了，不知什么事情。贵生觉得情形有点怪，还以为也许两父女吵了嘴，老的斗气走了，所以金凤不大高兴。他依然坐在那条矮凳上，用脚去拨那地炕的热灰，取旱烟管吸烟。

毛伙忍不住忽然失口说："贵生，金凤快要坐花轿了！"

贵生以为是提到他的事情，眼瞅着金凤说："不是真事吧？"

金凤向毛伙盯了一眼："癫子，你胡言乱说，我缝你的嘴！"

毛伙萎了下来，向贵生憨笑着："当真缝了我的嘴，过几天要人吹唢呐可没人。"

贵生还以为金凤怕难为情，把话岔开说："金凤，我进城了，在我那舅舅处住了三天。"

金凤低着个头，神气索寞的说："城里可好玩！"

"我去城里有事情。我和我舅舅打商量，……"他不知怎么把话说下去好，于是转口向毛伙，"围子里五爷又办货要请客人，什么大事！"

"不止请客，……"

毛伙正想说下去，金凤却借故要毛伙去瞧瞧那鸭子栅门关好了没有。

坐下来，总像是冰锅冷灶似的。杜老板很久还不回来，金凤说话要理不理。贵生看风头不大对，话不接头。默默的吹了几筒烟，只好走了。

回到家里从屋后搬了一个树根，捞了一把草，堆地上烧起来，捡了半箩桐子，在火边用小剃刀剥桐子。剥到深夜，总好像有东西咬他的心，可说不清楚是什么。

第二天正想到桥头去找杂货商人谈话，一个从围子里来的人告他说，围子里有酒吃，五爷纳宠，是桥头浦市人的女儿。已看好了日子，今晚进门，要大家煞黑前去帮忙，抬轿子接人！听到这消息，贵生好像头上被一个人重重的打了一闷棍，呆了半天转不过气来。

那人走后，他还不大相信，一口气跑到桥头杂货铺去，只见杜老板正在柜台前低着头用红纸封赏号。

那杂货铺商人一眼见是贵生，笑眯眯的招呼他说："贵生，你到什么地方去了？好几天不见你，我们还以为你做薛仁贵当兵去了。"

贵生心想："我还要当土匪去！"

杂货铺商人又说："你进城好几天，看戏了吧？"

贵生站在外边大路上结结巴巴的说："大老板，大老板，我有句话和你说。听人说你家有喜事，是真的吧？"

杜老板举起那些小包封说："你看这个。"一面只是笑，事情不言而喻。

贵生听桥下有捶衣声，知道金凤在桥下洗衣，就走近桥栏杆边去，看见金凤头上孝已撤除，一条大而乌光辫子上簪了一朵小小红花，正低头捶衣。贵生说："金凤，你有大喜事，贺喜贺喜！"金凤头也不抬，停了捶衣，不声不响。贵生从神情上知道一切都是真的，自己的事情已完全吹了，完了。一切都完了。再说不出话。回到铺子里对那老板狠狠看了一眼，拔脚就走了。

晚半天，贵生依然到围子里去。

贵生到围子里时，见五老爷穿了件春绸薄棉袍子，外罩一件宝蓝缎子夹马褂，正在院子里督促工人扎喜轿，神气异常高兴。五爷一见贵生就说："贵生，你来了，很好。吃了没有？厨房里去喝酒吧。"又说："你生庚属什么？属龙晚上帮我抬轿子，过溪口桥头上去接新人。属虎属猫就不用去，到时避一避，不要冲犯！"

贵生呆呆怔怔的说："我属虎，八月十五寅时生，犯双虎。"说后依然如平常无话可说时那么笑着，手脚无放处。看五爷分派人作事，扎轿杆的不当行，就走过去帮了一手忙。到后五爷又问他喝了没有，他不作声。鸭毛伯伯已换了一件新毛蓝布短衣，跑出来看轿子，见到贵生，就拉着他向厨房走。

厨房里有五六个长工坐在火旁矮板凳上喝酒，一面喝一面说笑。因为都是派定过溪口接亲的人，其中有个吹唢呐的，脸喝得红嘟嘟的，信口胡说："杜老板平时为人慷慨大方，到那里时一定请我们吃城里带来的嘉湖细点，还有包封。"

另一个长工说："我还欠他二百钱，记在水牌上，真怕见他。"

鸭毛伯伯接口打趣他："欠的账那当然免了，你抬轿子小心点就成了。"

一个毛胡子长工说："你们抬轿子，看她哭多远，过了大坳还像猫儿那么哭，要她莫哭了，就和她说：'大姐，你再哭，我就抬你回去！'她一定不敢再哭。"

"她还是哭你怎么样？"

"我们当真抬她回去。"

"将来怎么办？"

"再把她抬进围子里，可是不许她哭，要她哈哈大笑！"

"她不笑？"

"她不笑？我敢赌个手指头，她会笑的。"所有人都哄然大笑起来。

吹唢呐的会说笑话，随即说了一个新娘子三天回门的粗糙笑话，装成女子的声音向母亲诉苦："娘，娘，我以为嫁过去只是服侍公婆，承宗接祖，你哪想到小伙子人小心子坏，夜里不许我撒尿！"大家更大笑不止。

贵生不作声，咬着下唇，把手指骨捏了又捏，看定那红脸长鼻子，心想打那家伙一拳。不过手伸出去时，却端了土碗，咽嘟嘟喝了大半碗烧酒。

几个长工打赌，有的以为金凤今天不会哭。有的又说会哭，还说看那一双水汪汪的眼睛，就是个会哭的相。正乱着，院中另外那几个扎轿子的也来到厨房，人一多话更乱了。

贵生见人多话多，独自走到仓库边小屋子里去。见有只草鞋还未完工，就坐下来搓草编草鞋。心里实在有点儿乱，不知道怎么好。身边还有十六块钱，紧紧的压在腰板上。他无头无绪想起一些事情。三斤粉条、两丈官青布、一个猪头，有什么用？五斗桐子送到姚家油坊去打油，外国人大船大炮到海里打大仗，要的是桐油。卖纸客人做眉弄眼，"易求无价宝，难得有情郎"，有情郎就来了。四老爷一个月玩八个辫子货，还说妇人身上白得像灰面，无一点意思。你们做官的，总是糟蹋人！

看看天已快夜了。

院子里人声嘈杂，吹唢呐的大约已经喝个六分醉，把唢呐从厨房吹起，一直吹到外边大院子里去。且听人喊燃火把放炮动身，两面铜锣当当的响着，好像在说："我们走，我们走，我们快走！"不一会儿，一队人马果然就出了围子向南走去了。去了许久还可听到一点接亲队伍在傍着小山坡边走去时，那唢呐鸣咽声音。贵生过厨房去看看，只见几个佃户家临时找来帮忙的女人正在预备汤果，鸭毛伯伯见贵生就说："贵生，我还以为你也去了。帮我个忙，挑几担水吧。等会儿还要用水。"

贵生担起水桶一声不响走出去。院子里烧了几堆油柴，正屋里还点了蜡烛，挂了块红。住在围子里的佃户人家妇女小孩都站在院子里，等新人来看热闹。贵生挑水走捷径必从大门出进，却宁愿绕路，从后门走。到井边挑了七担水，看看水平了缸，才歇手过灶边去烘草鞋。

阴阳生排八字，女的属鼠，宜天断黑后进门。为免得和家中人冲犯，凡家中命分上属大猫小猫，到轿子进门时都得躲开。鸭毛伯伯本来应当去打发轿子接人的，既得回避，因此估计新人快要进围子时，就邀贵生往后面竹园子去看白菜萝卜，一面走一面谈话。

"贵生，一切真有个定数，勉强不来。看相的说邓通是饿死的相，皇帝不服气，送他一座铜山，让他自己造钱，到后还是饿死。城里王财主，原本挑担子卖饺饵营生，气运来了，住身在那个小土地庙里，落了半个月长雨，墙脚淘空了，墙倒坍了，两夫妇差点儿压死。待到两人从泥灰里爬出来一看，原来墙里有两坛银子，从此就起了家。……不是命是什么！桥头上那杂货铺小丫头，谁料到会作我们围子里的人？五爷是读书人，懂科学，平时什么都不相信，除了洋鬼子看病，照什么'挨挨试试'光，此外都不相信。上次进城一输又是两千，被四爷把心说活了。四爷说：五爷，你玩不得了，手气痞，再玩还是输。找个'原汤货'来冲一冲运气看，保准好。城里那些毛母鸡，谁不知道用猪肠子灌鸡血，到时假充黄花女。横到长的眼睛只见钱，竖到长的眼睛只作伪，有什么用！乡下有的是人，你想想看。五爷认真了，凑巧就看上了那杂货铺女儿，一说就成，不是命是什么！"

贵生一脚踹到一个烂笋瓜上头，滑了一下，轻轻的骂自己，"鬼打岔，眼睛不认货！"

鸭毛伯伯以为话是骂杜老板女儿，就说："这倒是认货不认人！"

鸭毛伯伯接着又说："贵生，说真话，我看杂货铺杜老板和那丫头，先前对你倒很有心，旁观者清，当局者迷，你还不明白。其实只要你好意思亲口提一声，天大的事定了。天上野鸭子各处飞，捞到手的就是菜。二十八宿闹昆阳，阵势排好了，先下手为强，后下手遭殃。你不先下手，怪不得人！"

贵生说："鸭毛伯伯，你说的是笑话。"

鸭毛伯伯说："不是笑话！一切都是命，半点不由人。十天以前，我相信那小丫头还只打量你同她俩在桥头推磨打豆腐！你自己拿不定主意，这怪不得人！"说的当真不是笑话，不过说到这里，为了人事无常，鸭毛伯伯却不由得不笑起来了。

两人正向竹园坎上走去，上了坎，远远的已听到唢呐呜呜咽咽的声音，且听到爆竹声，就知道新人的轿子快来了。围子里也骤然显得热闹起来。火炬都点燃了，人声杂。一些应当避开的长工，都说说笑笑跑到后面竹园来，有的还毛猴一般爬到大南竹上去眺望，看人马进了围子没有。

唢呐越来越近，院子里人声杂乱起来了，大家知道花轿已进营盘大门，一些人先虽怕冲犯，这时也顾不得了，都赶过去看热闹。

三大炮放过后，唢呐吹"天地交泰"，拜天地祖宗，行见面礼，一会儿唢呐吹完了，火把陆续熄了，鸭毛伯伯知道人已进门，事已完毕，拉了贵生回厨房去，一面告那些拿火把的人小心火烛。厨房里许多人都在解包封，数红纸包封里的赏钱，争着倒热水到木盆里洗脚，一面说起先前一时过溪口接人，杜老板发亲时如何慌张的笑话。且说杜老板和癞子一定都醉倒了，免得想起女儿今晚上事情难受。鸭毛伯伯重新给年青人倒酒，把桌面摆好，十几个年青长工坐定时，才发现贵生早已溜了。

半夜里，五爷正在雕花板床上细麻布帐子里拥了新人做梦，忽然围子里所有的狗都狂叫起来。鸭毛伯伯起身一看，天角一片红，远处起了火。估计方向远近，当在溪口边上。一会儿有人急忙跑到围子里来报信，才知道桥头杂货铺烧了，同时贵生房子也走了水。一把火两处烧，十分蹊跷，详细情形一点不明白。

鸭毛伯伯匆匆忙忙跑去看火，先到桥头，火正壮旺，桥边大青树也着了火，人只能站在远处看。杜老板和癞子是在火里还是走开了，一时不能明白。于是又赶过贵生处去，到火场近边时，见有些人围着看火，谁也不见贵生。人是烧死了还是走开了，说不清楚。鸭毛伯伯用一根长竹子试向火里捣了一阵，鼻子尽嗅着，人在火里不在火里，还是弄不出所以然。他心中明白这件事。火究竟是怎么起的，一定有个原因。转围子时，半路上碰着五爷和新姨。五爷说："人烧坏了吗？"

鸭毛伯伯结结巴巴的说："这是命，五爷，这是命。"回头见金凤正哭着，心中却说："丫头，做小老婆不开心？回去一索子吊死了吧，哭什么！"

几人依然向起火处跑去。

一个人心中倘若有个爱在，心中暖得很，全身就冻得结冰也不碍事的。

（图说选自沈从文《湘行散记》）

(京) 新登字 083 号

图书在版编目 (CIP) 数据

梦见沈从文/汪曾祺著. —北京:中国青年出版社,2015.8
ISBN 978-7-5153-3661-9

Ⅰ.①梦…　Ⅱ.①汪…　Ⅲ.①传记文学–中国–当代　Ⅳ.①I25

中国版本图书馆 CIP 数据核字(2015)第 182075 号

责编:申永霞

设计:张　清

*

中国青年出版社 出版 发行

社址:北京东四十二条21号　邮政编码:100708
网址:www.cyp.com.cn
编辑部电话:(010)57350501　门市部电话:(010)57350370
北京富诚彩色印刷有限公司印刷　新华书店经销

*

889×1194　1/32　6.5 印张
2015 年 11 月北京第 1 版　2019 年 8 月北京第 2 次印刷
印数:5001–10000 册　定价:48.00 元
本图书如有印装质量问题,请凭购书发票与质检部联系调换
联系电话:(010)57350337